Franziska König

Wir haben doch noch eine gebogene Wurst für die Not im Keller…

…unser Leben im April 2014

Ein Journal

April 2014

Meinem lieben Onkel Andi gewidmet

TWENTYSIX – Der Self-Publishing-Verlag
Eine Kooperation zwischen der Verlagsgruppe
Random House und BoD – Books on Demand
© 2019 Franziska König
Titelblattgestaltung von Andreas Rothfuß,
Blankenfelde
Herstellung und Verlag: BoD –Books on Demand
Nordersted
ISBN: 9783740716301

Familie König-Rothfuß an Heiligabend 1963

(Auch Ming ist bereits dabei –
doch dies weiß noch niemand.)

Von links nach rechts:
Rehlein mit der 1-jährigen Franziska auf dem Schoß.
Untere Reihe: Tante Antje und der Opa (auf deren
Knien die Zwillinge Heiner und Friedel verteilt sind)
und Onkel Rainer.
Obere Reihe: Der junge Buz neben der Degerlocher
Oma, Tante Bea, Onkel Dölein, Omi Mobbl, und
der damals erst 14-jährige Onkel Andi

Die wichtigsten Vorkömmlinge vorweg:

Rehlein: Meine Mutter
Buz: Mein Vater
Ming: Mein Bruder
Julchen: Meine Schwägerin
Yara (Pröppilein): Meine kleine Nichte,
16 Monate alt

Den Rest findet man hinten im Personenverzeichnis

Zum Hintergrund der Geschehnisse empfiehlt sich
ein Blick auf diesen Link:

https://www.werner-bonhoff-stiftung.de/familie-koenig-vs.-ostfriesische-landschaft.html?atrGrp=ratings&atrId=413&rating=80

Oder aber - familie könig vs werner bonhoff –(in
die Suchmaschine eingeben)

April 2014

Dienstag, 1. April
Aurich/Ostfriesland

So richtig schön wurde es leider nicht.
Ab Nachmittag verbräsigte sich der Himmel und
wurde ganz gelb – und dabei handelte es sich auch
noch um das Gelb eines mürrischen und
desillusionierten chinesischen Bergarbeitergesichts,
und dann regnete es auch noch ein bißchen

Ich dachte an Rehlein als Tagesjubilatorin im
Glanze ihres biblischen Alters, und fühlte mich leicht
niedergeschlagen. 75 Jahre!
Leuchtet da nicht unweigerlich eine alte Huzzl vor
dem geistigen Auge auf, wenn man beispielsweise in
der Zeitung liest „….eine 75-jährige Frau…" ?

Auf der Ostfrieslandpromenade wetzte ich jenem
kleinen Wäldchen entgegen, das ans Altenheim
Popens geschmiegt ist.
Dort pflege ich allmorgendlich hinzuhoppeln, um
dem drohenden Alter davonzurennen und Kalorien
abzuschütteln. Und diese Logik führe man sich mal
vor Augen:
Ich stürme dem Altenheim entgegen, um dem Alter
davonzurennen! Da lacht man doch wohl?
Währenddessen dachte ich mir aus, wie ich vermut-

lich tatsächlich 110 Jahre alt werde, da ich mich ja kaum abnutze?

Man rennt da rum, beginnt sich alt und überflüssig zu fühlen, und hat ja doch noch 60 stolze Jahre vor sich?

Der Weg zum Wäldchen ist von armseligen Hochhäusern gesäumt, doch die grünspanigen Bäume am Wegesrand wiederum gefallen, und ich freute mich, wenn irgendwo hinter einem Fenster ein Licht ansprang. Auch dort hatte sich jemand in den noch frischen Tag hinein erhoben.

Und dann begrüßte ich den Peter, den 13-jährigen Sohn meiner Freundin Maria, auf seinem Radl, mit dem er in die Schule strebte.

Angehalten hat er allerdings nicht, und entfernte sich in rasender Geschwindigkeit, so daß er bald klein wurde wie ein Pünktchen.

Daheim war es eigentlich eher kühl, so daß man froh an seinem heißen Karo-Kaffee sein durfte.

Wieder bildete ich mir ein, mir einen 37C° Fall in der ZDF-Mediathek „verdient" zu haben, und sei es „vorverdient", denn um 11 Uhr wollte ich als mobile Bratschenlehrerin zu Frau Linke nach Horumersiel fahren.

Doch mein Auto war eingeparkt, und nicht ohne Bänge denkt man an die zum verröcheln neigende Batterie.

Zunächst schaute ich mir einen Film über eine junge Dame an, die einfach verschwand, nachdem sie sich auf eine einsame Wanderung begeben hatte. Sie hieß Diana, und stand bei ihrer Mutter im Ruf größter Untüchtigkeit.

Und dabei hatte sie doch sogar einen Roman geschrieben, den allerdings leider niemand lesen wollte, weil niemand Zeit dafür zu haben schien.

Sie hinterlässt einen ratlosen Lover (einen milden jungen Herrn), und ein heute 8-jähriges Söhnchen.

Hernach schaute ich einen Film über drei sog. „Power-Frauen" an, die a) je mehrere Kinder bekamen, und sich dann b) in die Chefetagen vorarbeiteten, so daß sie für die Kinder *ei*gentlich keine Zeit hatten.

Doch dank modernster Kommunikäischns← wie man so sagt, steht man ja ständig in virtuellem Kontakt, und einmal hat man genau gemerkt, wie sich die eine Power-Frau dazu *zwingen* mußte, sich für ihre Kinder zu interessieren.

Es handelte sich um drei Damen, die unentwegt organisieren, und das Leben in Siebenmeilenstiefeln durchschreiten. Und dann muß man „Qualitätszeit" für die Familie aushandeln.

Es fallen Worte wie „Strategie" und „Option".

Eine von denen sah leider häßlich aus, so fand ich.

Hinzu kam noch ein eher unerfreulicher Karrierefrauencharakter: Unverbindlich und knapp in ihrem Wesen.

Eine andere wiederum hatte einen etwas schiefen Mund, der dem Gesicht einen leicht verächtlichen Zug verlieh. Vielleicht hat aber auch das leicht Verächtliche, mit dem man als rechte Hand des Chefs auf die Untergebenen blickt, den schiefen Mund nach sich gezogen?

All dies schien sich im Laufe der Zeit um ihre Grundpersönlichkeit herum gebildet zu haben, und spiegelte nun ihre geheimsten Gedanken.

Und diese Powerfrau hatte vier Kinder zwischen sechs und einem Jahr.

Abends bringt man die Kinder ins Bett, und wenn man Glück hat, dann ist man gegen ½ 10, 10 mit diesem sauren Programm durch, und dann steht Zweisamkeit in der Paarbeziehung auf der Agenda.

….nur mit Mühe ließ ich mich selber aus diesem trödeligen Dasein herauspressen, und die Power-frauen haben mich leider nicht dazu inspiriert, es ihnen gleich zu tun, wenn auch das Beätchen in mir gehofft haben mag, die könnten mir als schönes Beispiel für den Fortsatz des Lebens dienen?

Wenig später saß ich auf dem roten Sitzklos und fühlte mich ganz ratlos, da bei Frau Linke niemand ans Telefon ging.

„Sie ist tot!" dachte ich unglücklich.

Nur wenige Tage, nachdem ich Rehlein in einem Brief dichterisch geschildert hatte, daß mein Goldesel nicht mehr richtig frisst, ist Frau Linke gestorben.

In meinem Kopf spielte sich ein mögliches Szenarium ab.

Unbekümmert sage ich beim Frühstück:

„Ich glaub', Frau Linke ist gestorben!"

Doch das Julchen findet es ekelhaft, so zu reden.

„...und hinzu in triumphierendem Tonfall!" nagelt sie mich unschön auf eine Verfehlung fest.

Im oberen Stockwerk begann ein Konzert:

Das Yaralein plärrte barmend, weil es sich nicht ankleiden lassen wollte.

Wenig später lief es mit bloßen Füßen auf den von mattem Sonnenschein nur schwach geheizten Steinplatten der Terrasse.

Zum Frühstück aßen wir das längliche Baguette, das ich allerdings in der Mitte durchgebrochen hatte, so daß es a) nicht mehr lang war, und sich b) hinzu erschütternd schnell verkürzte.

Ming und Julchen telefonierten meist, und ich bespaßte das Pröppilein, das mir heut jedoch ein wenig knöterig schien.

Der Tee war hinzu leider etwas wässrig geraten, und diensteifrig kochte ich neues Wasser für einen besseren Tee – doch irgendwie brachten wir als Frühstücksgesellschaft kein Bein auf die Erde.

Das nächste Telefonat war für mich:

Frau Linke kommt jetzt doch erst am Samstag hierher zu uns.

„Sonst wäre ich ja schon wieder einen halben Tag lang aushäusig gewesen!" sagte ich erklärend, als ich mich an die Frühstückstafel zurücksetzte.

„"Schon wieder"??" lachte man, denn ich bin ja immer da.

„Dann ist man den halben Tag weg, und wird auch noch geblitzt", ging ich nicht groß auf das untertönige Gelache ein.

Der Flitzer-Blitzer, den man heimlich in das flirrende Gebüsch am Wegesrand Richtung Küste eingebastelt hatte, erinnerte mich an die Tante Bea: Jemand, der etwas Beklagenswertes an seinem Gegenüber entdecken will!

Etwas, was man dem Beätchen ja so gern unter die Nase reiben würde, doch täte man´s, *so würde sie ärgerlich und sagt: „Du bist mir zu kompliziert!"*

Bei meinen Karriereaufschäumungsversuchen fühlte ich mich mutlos und hinzu leicht verdrossen.

Hi und da rief ich jemanden an, um einen Konzerttermin zu bekommen.

„Vielleicht im Jahre Zweitausend**vierzig!"** scherzte der Pfarrer aus Niestetal, doch dann schaute er auf das Jahr 2018 drauf.

Und man bräuche das Konzertexamen!

Denn es spielen nur hochkarätige Musiker dort.

Ich litt unter hartnäckigen Kopfschmerzen, die sich die Stirn hinab bis kurz über die Augenwurz ergossen.

Trotzdem kochte ich los, nachdem ich im Bioladen ein paar Eier gekauft hatte.

Nach einer Weile hatten sich auf leisen Sohlen zwei Gäste angesammelt: Die Tatjana (Tati) mit der kleinen Klara, die man alsbald in Yaraleins Pröppihochsitz hineinschraubte, wo sie von Mutti Tati mit einem sanddornfarbenen Brei gefüttert wurde.

Bei uns gab´s wie alle Tage eine simple Gemüsepfanne (Pastinaken, rote Paprika, Möhren und Süßkartoffeln) auf bunten Zwirbelnudeln.

Die kleine Klara im Pröppihochsitz ruderte mit den Armen und bewegte die Finger.

„Was *hab* ich dich lieb!" sagte die Tatjana zu ihrem verschmusten kleinen Töchterlein – und das Julchen meinte lachend, dies würde sie dem ihrigen auch den ganzen Tag sagen.

„Man denkt immer man wüßte was Liebe ist!" fuhr die Tatjana in ihrem plapprig klingenden Psychologat unbekümmert fort. „Aber wenn man so etwas Kleines hat, dann ist das doch wohl noch eine Stufe mehr!"

Ob die Tatjana wohl vor hat, sich als feste Freundin des Hauses zu etablieren?

Nun jedenfalls strebte sie erstmal zum Baumarkt, und der süße Ming malte ihr den Weg so gewissenhaft auf, und berücksichtigte bei seiner künstlerischen Zeichnung jede noch so kleine Wegbiegung.

Das Pröppilein schlief derweil im Garten, und von der Ferne wirkte es direkt so, als sei der Kinderwagen leer, und das Baby geraubt.

Am Spätnachmittag verbräsigte sich die Wetterlage so sehr, daß ich die Terrasse gründlich aufräumte, und die ganzen Polster ins Haus schleppte, so daß es bei uns noch enger wurde, als es ohnedies schon ist. Hernach nahm ich mir meine Dienstbotenauszeit, und radelte wie alle Tage zur „Tante Olli", einer Tankstelle am Wegesrand, während Ming und Julchen nachmittags im „Sesam" zu sitzen pflegen — einem feinen Caféhaus in der Fußgängerzone.

Bereits in der Tom-Brook-Straße drehte Petrus überraschend den Duschhahn auf.

Eine Stunde Verpfumfeiungszeit, und keine Sekunde mehr, hatte ich mir streng genehmigt.

Um Punkt 16:15 wollte ich wieder an meiner Violine stehen.

Meine Kopfschmerzen plagten mich.

56 Millionen im Euro-Jackpot!

Die BILD-Zeitung erhob den bevorstehenden Knastaufenthalt von Uli Hoeneß zum führenden

Thema unserer Zeit, indem sie die interessierten Leser wie mich nun mit pikanten Details versorgte:

Ein BILD-Reporter hatte die JVA-Landsberg besucht, wo er sich zuvor höflich zu einer Besichtigung angemeldet hatte.

„Würden Sie mir bitte folgen! Würden Sie sich bitte beeilen!" habe ein Vollzugsbeamter ganz unpersönlich zu ihm gesagt, und diese kühle Schärfe in der Stimme wird der arme Uli die nächsten 3 ½ Jahre wohl nun auch tagtäglich zu hören bekommen?

Auf einem Foto sah man eine Landsberger Gefängniszelle, und häßlich fand ich vorallem die graue Türe, die wie eine Tresortür ausschaute.

Im Gefängnis-Shop kann man sich einen Fernseher kaufen, Internet und Händi sind jedoch streng verboten, während Poster an der Wand wiederum erlaubt sind.

Und in der Tat: An der Wand klebten zwei Pin-Up-Girls.

An der Essensausgabe darf man sich bloß *einmal* anstellen, und ein Verstoß wird disziplinarisch geahndet. Aber auch hier gilt: Je durchschnittlicher man ausschaut, desto eher kommt man mit dieser kleinen Schummelei durch.

Beim Anstellen an der Essensausgabe könnte der Uli Schwerverbrecher wie beispielsweise den Krailling-Killer kennenlernen.

Der sei der allerschlimmste Verbrecher in diesem Gefängnis: Ermordete seine beiden kleinen Nichten, nur um an das Erbe zu gelangen, und auch deren Mutter stand auf seinem Mordprogramm, bloß daß die an diesem verhängnisvollen Abend in der Kneipe um die Ecke aushalf, und somit mit dem Leben nochmals davonkam.

Bald darauf radelte ich wieder heim, um ein neues Leben zu beginnen.

In der ersten Pause klemmte ich mich hinter eine Tasse Karo-Kaffee und schaute nochmals den Schluß von der Lindenstraße, als Kaffeegenuß-untermalung: Jene unter die Haut gehende Szene, wie der Hansemann gegen seine Tochter Sophie austickte. Er warf sie aus dem Hause, und hernach trat er an die Wiege, wo sein kleines Söhnchen Emil schlummerte, und sagte: „Deine Mutter hatte recht. Ich hab die Kraft nicht mehr!“ und zu diesen bekümmernden Worten griff er nach den gepolsterten kleinen Händchen des Schlummernden.

Ming fütterte das Pröppilein, das auf seinen Knien sitzend mit den Händen essen durfte, und vom Julchen sah man nur die Leuchtenfrisur vor der Türe tänzeln, dieweil sie in die Inline-Skateschuhe stieg, um ein ganz klein bißchen Freiheit und Privatheit aus ihrem dicht gewobenen Alltag herauszumelken.

Am frühen Abend rief ich das süßeste Rehlein an, und stellte mich hierzu hinter den Flügel an die lauwarme Heizung, da es mit meinen Kältewallungen schlimm ist.

Rehlein klang vergnügt. Sie habe mit dem Onkel Andi geskypt, und das Anderle hat frischen Lebensmut daraus geschöpft, sich einen neuen Hund bestellt zu haben.

Bot sich da die Geschichte mit Frau Münch und ihrem kurzen Intermezzo namens Enzo nicht förmlich an? Der kleine Pudel mußte wieder abgegeben werden, da Frau Münch einsehen mußte, zu alt für einen jungen ungestümen Hund zu sein.

Im Grunde eine Variante der Geschichte vom Hansemann mit seinem kleinen Emil, den er den Adoptiveltern zunächst wieder abgeknöpft hatte, um ihn dann doch wieder zurückzugeben.

Ich setzte meine Studien auf der Violine fort.

Den jungen Leuten hatte ich eine Brotzeit mit Bier hergerichtet, und beim Üben blickte ich durch die verglaste Schiebetüre auf das Treiben an der Tafel. Das Julchen hatte die Schiebetür wieder ein wenig geöffnet, damit das Pröppilein etwas von der Klangdusche abbekäme, als ich in Saurets mörderischem Kadenzgebilde zum Paganini-Konzert stak.

Ich muß gestehen, daß es mir mit der Plärrerei am Abend direkt etwas viel wurde, und dann rief auch noch der Onkel Hambum ausgerechnet dann an, als das Geschrei im Hintergrund nur schwer zu überhören war.

Somit bekam der Onkel auch etwas von der Plärrdusche ab, und man würde sich doch viel lieber mit dem Pröppilein brüsten!

Der Onkel berichtete, daß sein Sohn Gerhard anders als angekündigt gar nicht in Grebenstein war, und dennoch will Frau Wyss Licht in der Stube gesehen haben? Verstehe dies, wer kann!

Mittwoch, 2. April

Schön sommerlich

„Opa Wolfgang", mein Tüchtigkeitspatron, kleingeklickt auf meinem Schulterblatt, trommelte mich mit ungeduldigem Marsch-Marsch-Gebaren in die Morgengräue hinaus.

Je bälder man lossprintet, desto bälder ist man auch wieder daheim (Rustikalenlogik), und beim allmorgendlichen hoppeln, rennen oder „rasen" ← (nenne man es wie man will) dachte ich mir zum Zeitvertreib Uli Hoeneß-Geschichten aus.

Gedanklich knabberte ich an seinem Tageslauf herum:

Um zehn vor sechs wird man von einer nicht enden wollenden, laut, schrill und rostig klingelnden Klingel geweckt, um 6:15 wird auf gänzlich unpersönliche Weise ein frugales Frühstück durch die Luke geschoben, (Graubrot und Cervelatwurst garniert mit Resten aus der Küche – vielleicht einem kleinen nasskalten Salatblatt, oder etwas welken Petersilienresten) und am allerschlimmsten ist, daß es nur lauwarme Milch mit einer hellen käsegelben Hautschicht gibt, die einen leichten Würgereiz in vielen der armen Sünder auslöst.

Im Geiste schrieb ich mit der Hand von Uli Hoeneß einen Brief an seine Lieben daheim, in welchem ich detailliert den Knastalltag schilderte.

....Kaffee bekomme ich dann in der Pause auf Maloche! Allerdings einen ziemlich starken, ungenießbaren, von dem ich hernach den ganzen restlichen Tag an leichten aber lästigen Magenschmerzen kranke. Arbeit von 7.30 – 11.15 und während dieser Zeitspanne steht einem eine 10-minütige Pause zu, die man sich nehmen darf, wann man will. Ist sie aber benützt worden, so isse weg!

Mittagessen – meist ungenießbar. Ich verzehre mich nach Susis Pfannekuchen!

Nach dem Essen vertreibe ich mir die Zeit damit, Goethes Faust (schwere Kost!) zu lesen, und späte Streichquartette von Beethoven anzuhören.

Von 16 – 17 Uhr Hofgang in praktisch jeder Wetterlage – doch einem Knästling gereicht es bereits zur Freude, auch einmal naßgeregnet zu werden.

„Freunde" in dem Sinne habe ich leider noch keine gefunden.

Um 21.20 wird man in der Zelle eingesperrt, und um Punkt 22 Uhr wird das Licht einfach gelöscht.

Im Geiste faltete ich diesen Brief zusammen, kuvertierte ihn liebevoll ein, schrieb die Adresse drauf und beklebte ihn mit einer Marke.

Und dann dachte ich weiter über das Thema nach:

Antritt – Einchecken am 29.4.2014 bis 10 Uhr.

Offizieller Entlassungstermin wäre dann der 29.10.2017 ebenfalls um 10 Uhr – bei guter Führung am 29.8. um 10 –

Doch der Uli will eigentlich gar nicht vorzeitig entlassen werden. Er hat sich jetzt aufs Gefängnis eingestellt, wie ein bockig Pubertierender auf ein Internat. Ab 60 wünscht man ohnedies keine Veränderung mehr, und auch das Gefängnis kann in gewissem Sinne als warmer Badetrog herhalten.

Die Abende vertreibt er sich vor dem Fernseher, aber „wenn Fußball kommt, so schalte ich sofort ab!" schreibt der Uli seinen Lieben verblüffend, „denn Fußball ist für mich gestorben!"

Heut versenkte ich mich interessiert in den Fall eines schmächtigen Herrn mit Zwicker und Mähfrisur, der in einem winzigen Dorf im Bibelgürtel Amerikas im Knast sitzt – lebenslänglich! Jens Söring aus Deutschland. Und in Amerika wird es einem so horrend schwer gemacht, dem öden Knastleben zeitnah wieder zu entweichen.

Jens wünscht sich nichts sehnlicher, als Amerika für immer zu verlassen, nie mehr amerikanisch sprechen zu müssen, ja, diese Sprache, die ihm kein Glück gebracht hat, einfach zu vergessen.

Sein Traum sieht folgendermaßen aus:

Den Rest des Lebens in einem gemütlichen Benediktiner-Kloster nahe Freiburg zu verbringen.

Aber ein böser Scheriff, der sich gern als Herr über Leben und Tod aufspielt, hat sich vorgenommen, ihm gar nichts zu glauben – egal, was er sagt.

Furchteinflößend donnerte der Scheriff die Reporter an: „Er hat jetzt so viel Zeit gehabt, sich einzureden, daß er unschuldig sei!", und eine engagierte Bürgerin aus Virginia findet es nicht gut, daß jemand der Todesstrafe entkommt, bloß weil er aus einem anderen Land stammt.

Grausam ermordet wurden die Eltern seiner einstigen Flamme, eines „bösen Uschileins" mit Namen Elizabeth, und komischerweise mußte ich anhand der so grausam ums Leben gekommenen Eltern schon wieder an das Beätchen denken: Eine Mutter, die einem in ihrer Dominanz und Unlogik einfach die Luft abschnürt, so daß man eines Tages einfach durchdrehen *muß*.

Um seine Freundin vor dem elektrischen Stuhl zu bewahren, nahm Jens die Tat im Jahre 1985 einfach auf sich, da er gemeint hatte, als Diplomatensohn Immunität zu genießen. Damals war er 18 Jahre alt.

Mit sanftem Druck erinnerte das Julchen daran, daß ich meine Bettwäsche waschen müsse, und auch wenn das Julchen sehr nett geworden ist, so fühle ich mich in ihrer Aura dennoch leicht unbehaglich und fremd - etwa so wie eine Austauschschülerin mit ihrer amerikanischen Gastmutti, die große Angst vor Bakterien hat, und den größten Wert auf Hygiene legt.

Da stand aber auch schon der Opa Willi in der Küche, und riss einen Scherz, der verbindende Erheiterung nach sich zog.

Ich las den Blog von Jens Söring, der den Alltag im Gefängnis beschrieb.

Eigentlich waren die Zellen ja als Einzelzellen konzipiert, aber aus Bosheit stopft man immer *zwei* Häftlinge in eine Zelle, und ärgerlich ist, daß es sich bei den Kumpeln wider willen meist um Schwerverbrecher oder Geisteskranke handelt.

Jens teilt sich die Zelle z.Zt. mit einem 50-jährigen Farbigen, der seinen Dealer mit einer gußeisernen Bratpfanne erschlagen hat.

Das Gericht hat 27 Jahre Knast für diese Freveltat verhängt — ohne die geringste Möglichkeit vorzeitiger Begnadigung.

Dieser Herr versucht immer seinen Abschluß zu „packen". Doch er scheitert an den Mathematikprüfungen, und außerdem hat er immer so wenig

Geld, daß ihm der Jens von seiner Zahnpasta abgeben muß.

Er tippt Briefe an seine Schwestern, und bittet sie um etwas Geld, denn Geldknappheit ist auch im Gefängnis erschütternd!

Manchmal sind sie nett und schicken ihm etwas.

Und das Leben dort ist langweilig!

Der Jens sitzt fast immer im Gemeinschaftsraum und schreibt Briefe, oder eben Texte für seinen Blog. Mehrere preisgekrönte Bücher hat er ebenfalls schon verfasst, so daß er zumindest so viel Geld in den Taschen hat, wie einst der dicke Ezechiel – bloß, daß es im Gefängnisshop nichts besonderes zu kaufen gibt. Vielleicht mal einen abgelaufenen Mars-Riegel oder so etwas?

Allzubald verkündete Ming telefonisch, daß sie in fünf Minuten daheim ankommen würden, und ich schon mal die Türe öffnen möge, damit man nicht klingeln müsse.

Bloß hat das Pröppilein dann ja doch nicht geschlafen, und turnte im weißen Body herum.

Es herrschte eine Atmosphäre wie im Hochsommer 1963 als die Uroma noch gelebt hat, und *ich* noch ein kleines Wammerl war, das im Fokus des Entzückens stand.

Später hatte das Pröppilein über dem weißen Body so ein süßes rosa Kleidchen an. Es klatschte und verbeugte sich zu unseren Entzückungsausrüfen, um

sich gleich wieder aus dem Kleidchen heraus-
zuschälen.

Das Pröppilein kehrte mit dem Kinderbesen die
Terrasse, und nach dieser schweißtreibenden
Hausfrauenarbeit ließ es sich ganz erschöpft auf dem
Terrassentrittbrett nieder.

Die possierlichen Speckröllchen an den Oberhaxerln
schienen von den verzückten Sonnenstrahlen be-
busselt und betänzelt zu werden.

Ich selber hatte ja gottlob schon bald ausgelost, die
Wäsche aufzuhängen, und diese ehrenvolle Tätigkeit
gebar immer neue Fleißtriebe. Z.B. Handtücher
abzuhängen und zusammenzufalten.

Dann schnitt ich Gemüse klein, und im Radio
erzählte man von einer Dame aus Amerika, die ein
neues Buch geschrieben habe.

Sie verarbeite, so erfuhr man, in ihren Büchern gern
unangenehme Themen. Beispielsweise das Schicksal
der Mutter eines Amokläufers – und nun habe sie
sich „Extrem-Übergewicht" zum Thema gemacht.
„Der große Bruder". Von ihrem Bruder, der so
entsetzlich dick war, daß er eines Tages starb!

Dann hielt ich wieder ein Auge auf´s Pröppilein, das
an seinem Kindertischlein saß und konzentriert
arbeitete, während Mutti Julchen den Lachs briet.

„Wo ist der Gack-Gack?" hörte ich mich fragen, und
das Pröppilein, das mir den Rücken zuwandte, zeigte

mir die Karte mit dem Vögelchen in gleichmütig absorbierter Ausstrahlung, indem sie sie einfach so hinter ihren Rücken hinhielt.

Rehlein hatte eine Grußkarte vom Rainerbuben* erhalten und weitergeleitet, und hätte sich so gefreut, wenn man diese Karte bei Facebook posten tät, auf daß sich alle mitfreuen dürfen.

*Rehleins ältester Bruder in Toronto. Einen Herrn, den man seit Jahrzehnten nicht mehr gesehen hat. (*1934)

Doch man kennt´s: Jemand kommt mit diesem schönen Vorschlag, und es bewegt sich nichts.

Die Karte hatte der Rainer selber gestaltet: Ein Vögelchen sitzt hoch oben auf einem Baum unter tiefblauem Himmel, und zwitschert ein Geburtstagslied für Rehlein.

Drum nahm *ich* diese Aufgabe nun auf mich, auch wenn das Facebook so beklemmend lahm war, daß man hätte toll werden können.

Nach einer Weile hatte ich es geschafft! Jedoch erschien mir die Karte ein wenig klein.

„Da steht „Liebe Erika! Wir wünschen Dir alles Gute zu Deinem 75. Geburtstag Rainer & Sharyn"...drauf g´sriebt!" schrieb ich öffentlich-intern nur für das süßeste aller Rehleins, und Rehlein freute sich so was an!

Mittags verließen die jungen Leute das Haus:
Pröppilein saß in einem Gitterkörble auf einem alten Fahrrad, grad so, als plane man womöglich einen

Ausflug ins Grüne, um die Sorgen beiseite zu schieben, und dem Leben etwas Glück und Freude abzutrotzen.

Ming arbeitet innerlich immer an seiner Verteidigung, da sich in die uneidesstattliche Versicherung „dank" einer kleinen Schlamperei der Anwälte leider eine kleine (unbedeutende) Unwahrheit hineingemogelt hatte.

Dadurch fühlt sich Ming für uns, aber auch für sich selber vielleicht so an, als stüke er mit einem Bein bereits im Knast.

„*Ich* geh für dich in den Knast!" sagte ich ganz unbekümmert.

Ein Satz, der natürlich auch in ein unbefugtes Ohr – sprich, jenes von der Gretel – hätte hineinhopsen können, oder vielleicht sogar sollen.

„..den ganzen Tag Tagebuch schreiben, für sich kochen lassen, und Geige üben!" lachte das Julchen.
Dann warense weg.

Als ich mich im Supermarkt an der Kasse anstellte, hatte ich eine Dame einfach übervorteilt, so daß ich mich hernach kaum umzudrehen wagte.

Sie strebte gemächlichen Schrittes zur Kasse, und ich wiederum lief etwas zackiger und stellte mich einfach vor sie hin.

Im Geiste spielte ich das Szenarium durch, wie das jetzt wohl wäre, wenn sie mich erbost zur Rede stellte?

„Da habe ich grad drüber nachgedacht. Das war wirklich unverschämt. Verzeihen Sie mir, wenn Sie können!" beschloß ich im Falle eines Falles ganz zerknirscht zu sagen, und: *„Darf ich Sie zu Wiedergutmachungszwecken zu einer Tasse Kaffee und einem Gebäckstück ihrer Wahl einladen?"*

An der Kasse saß eine pflanzenartige junge Türkin, mit langem, glänzend schwarzen Haar. Auf den ersten Blick nicht unattraktiv, doch wenn man mit etwas Lebenserfahrung genau hinblickte, so bemerkte man, daß sie ausgesprochen töricht ausschaute.

Und während meine Blicke noch auf ihr ruhten, bediente sie einen jungen Herrn, und ich versuchte zu erfühlen, ob da wohl irgendwelche knistrigen Funken übersprängen, fühlte jedoch nichts.

Am frühen Abend schickte ich 60 Mails in die Landkreise Göttingen, Hameln-Pyrmont und das Harzer Land, immer mit dem Gefühl, daß ich denen doch nun wirklich zu Genüge geschrieben hab!

Pröppilein buzzewackelte dazu so malerisch durch den Garten, wie ich durch das Fenster sehen konnte.

Abends erzürnte mich ein Dürrzeiler von Frauke Wegener, aus dem Landkreis Göttingen.

Leider nein, schrieb sie süffisant, und *wir haben hier gelegentlich Events mit regionalen Musikern, die wir natürlich sehr gerne fördern!*

Ich verfiel ins Grübeln, wie ich ihr wohl geharnischt, und im Sinne Rehleins antworten könne?

Denn Rehlein in mir kam zu Wort:

„Hoppla! Ich <u>bin</u> eine regionale Künstlerin!" könnte ich nach Art einer gewissen „Barbara"* zurückschreiben.

„Mein Violinspiel atmet regionales Kolorit, und schon meine Omi ist in Dransfeld geboren, wo ich ja wiederum aufgewachsen bin und die Heilige Kommunion empfangen habe!"

*Von ihr, einer Dame, hieß es, sie habe mal ein Auge auf unseren Papa geworfen. Da wollte ich sie gerne kennenlernen, und beim großen Violinkongress von Trossingen richtete ich das Wort an sie:

„Ich höre, Sie spielen auch Violine?"

„Ich *bin* Geigerin!" sagte sie spitz, um meine Worte, die eigentlich nichts anderes besagt hatten, noch ein bißchen besser zurechtzurücken.

Anstrengende Hausaufgaben standen auf dem Programm, und auch ich las den Pressebericht, an dem so emsig herumgefeilt worden war.

Doch ich les dererlei nur ungern, – man liest wie namhaft und renommiert alle sind, und was das wohl wieder für ein „Highlight" wird?

Hätte man da nicht einen regionaleren Ausdruck finden können?

Eine törichte Kulturdame die man kennt, sagt: "Wie kommt es bloß, daß die Echopreisträger um ein solches mehr Volumen haben?"

Ob sie wohl weiß, was „Volumen" überhaupt bedeutet?

Auch das Julchen sah das ganze sehr kritisch, und kehrte die Gourmet-Sätze, die doch dazu angetan waren, einem das Wasser in den Ohren zusammen-fließen zu lassen, allesamt zusammen um sie im Ascheimer zu entsorgen.

Eigentlich fühlte es sich an, wie bei einer Probe, wo jeder eine Meinung vertritt, die für den anderen mit seiner Lebenseinstellung unvereinbar ist.

Donnerstag, 3. April

Verhangen – mild – lieblich

Wie aus dem Nichts heraus wurde ich vom Weckerschrill in den Tag gerupft, und augen-blicklich fluten einem die kleinen Freuden und Ärgerlichkeiten, in denen man derzeit schwimmt, wieder ins Bewußtsein zurück.

Yaralein, Geld rieselt aus…

Vor der Haustüre wartete hinzu eine große Ärgerlichkeit auf mich:

In meinem Auto, das ich doch ohnedies aus Angst vor der Wahrheit kaum anzulassen wage, hatte die Innenbeleuchtung offenbar die ganze Nacht lang gebrannt, und diese Ärgerlichkeit nahm ich nun einfach auf meinen Morgensprint mit, auch wenn man diese 45 Minuten im Grunde auch als warmes Wannenbad hätte nehmen können, in welchem man die Sorgen „außen vorlässt".

Mehrfach sah man zwielichte Gestalten schimmern, doch ich als Rasende nahm das Risiko, ermordet zu werden einfach auf mich.

Am Spielplatz vor dem Heinemeyerschen Hause z.B., stellte einer sein Rad ab, rauchte seine Morgenzigarette, und wartete auf ein Opfer.

Und beim Rennen schob sich das beleuchtete Lidl-Emblem in mein Blickfeld, als sei´s der Mond, der aufginge.

Auf dem Heimweg lernte ich einen Erpel am Wegesrand kennen, und wenig später sah man dann auch seine Frau in ihrer farblosen Küchenschurz.

Ein gänzlich unsensibler Radler nahm einfach Kurs auf das Federvieh. Die Ente trat jedoch erst in allerletzter Sekunde zur Seite, und bewegte sich dann nur ganz langsam von dannen, da sie einen praktischen und unerschrockenen Charakter zu haben schien.

Auf dem roten Sitzkloß sitzend saß ich wenig später im Ashram und dichtete, und während ich so dasaß, und der Stift auf dem edlen Büttenpapier herumtänzelte, hatte ich plötzlich das Gefühl nicht allein im Zimmer zu sein, und tatsächlich lief eine schwarze Vogelspinne über den Fußboden, und kam ganz plötzlich zum Stillstand. Sie bewegte sich auch nicht mehr weiter, als ich ein Senfglas herbeiholte und drüberstülpte. Für einen kurzen Moment konnte ich den Schauderkick, der einen Arachnophobiker befällt, genauestens nachempfinden, ohne selbst betroffen zu sein.

Ich schaute die Doku über Jens Söring weiter, da ich das Leben in Virginia so faszinierend finde:
Die Bürger sind fromm, konservativ, erbarmungslos, folgen ihrer eigenen Logik, und immer wieder muß ich dabei an das Beätchen denken, das mir auch heute nicht geschrieben hat, so wie sie mir vielleicht nie wieder schreiben wird, da sie mir mit dem Vorsatz, den Kontakt ganz und gar, und für immer abzubrechen, einfach zuvor gekommen ist?
Keine Gnade für Jens Söring!
Nur der Bischof von Virginia zeigte ein Herz.
Er, der schon jetzt wie ein alt gewordener Gidon Kremer an seinem Lebensabend ausschaut.
In seinen Predigten – vor einer kleinen Nonnenherde abgehalten – ging es um Vergeltung und Gnade. Das Wort „Rache" fiel nicht.
Dann schaute ich in eine Talkshow mit Markus Lanz hinein:
Der regentrüb und quäkig veranlagte Til Schweiger hatte das Wort ergriffen: "…dieses Gutmenschentum der Deutschen das mich so ankotzt!"

bramabarsierte er sauertöpfisch, und immer wieder wurde zu seinen Worten applaudiert, dieweil er „dem kleinen Manne" aus der Seele sprach.

Der Til regte sich darüber auf, daß immer nur der Täter im Fokus der Bedenkungen steht, und nie das erbarmenswerte Opfer, und ich wiederum regte mich darüber auf, daß er, dem das Gold doch förmlich in den Arsch geschoben wird, immer so motzig und quengelig rüberkommt – doch mir applaudierte niemand.

Das Julchen näherte sich im Sauseschritt dem PC, und ich schaltete den Unsinn rasch ab, und tat auf Beamtenart so, als täte ich Seriöses.

Leider laborierte das Julchen schon wieder an einer Brustentzündung. Das Entzündungsgefühl breitete sich im ganzen Körper aus, und zog unschöne Grippegefühle mit sich.

Das Pröppilein war plötzlich so anschmiegsam, und schmiegte ihr süßes kleines Kinderhaupt an meine Wangen.

Ein Pfarrer namens Wolfgang Teicke hatte mir den Glauben ein bißchen zurückgegeben: Zwar seien bei einem Orgler grad eben mal 30 „Hörwütige" erschienen, - mit einem mageren Spendenresultat von 60€ -und dies sei ihm peinlich. Doch in den heizungsfreien Monaten könne man es ja mal probieren?

Später schrieb Jörg Notha, und vertippte sich bei einem kleinen aber feinen Buchstaben: „Für Konzerte bin ich ausgeschlossen" schrieb er freundlich.

Später kam dann allerdings nur noch Scheiß: Zwei Mailer-Daemons, und Christian Schmitt ließ anklingen, daß die Orgel in Thüringen viel zu hoch eingestimmt sei für ein gemeinsames Werk.

Sollte man sich vielleicht lieber das Leben nehmen?

Ein Reporter zu Jens Söring: „Haben Sie Angst vor dem Tod?"

„Gott nein!" sagte der Jens und lachte ehrlich belustigt, denn der Tod wäre ja in seinem Falle wirklich Erlösung und somit Gnade!

Doch im Moment vielleicht grade nicht.

Noch einmal lachte er herzlich, denn das Verfahren heizt sich z.Zt. ein bißchen auf: Vielleicht wird er nach Deutschland überstellt, und dort wartet entweder Milde, oder aber eine Laschheit der Justiz auf ihn, und beides könnte man im Bestreben, vielleicht doch noch ein bißchen was aus dem Rest seines Lebens zu machen, doch wohl sehr gut gebrauchen! Haha, Jens möchte sehen, ob er trotz seiner Vergangenheit doch noch eine liebe Frau findet, und hätte *sehr* gerne Kinder.

Das Pröppilein trug eine Halskette, und dadurch, daß das Blau der Augen durch die zarten Lider hindurchschimmert, sah es auf Julchens Schoß aus wie eine ganz vornehme Dame.

Später plärrte das Pröppilein wieder laut und barmend, und das, als es dem Julchen grad so schlecht ging.

Nur zu Pröppis Wohle nimmt das Julchen keine Medikamente und wird „zum Dank" so angeplärrt!

Etwas hilflos frühstückte ich herum.

Eine erkaltete Tasse Tee hatte ich einfach auf der Terrasse ausgeschüttet, so daß es nun ausschaute, als habe jemand hingepullert. Als Ming mich mal fragend frug, was das wohl sein solle, da behauptete ich wiederum, es sei die große afrikanische Spring-spinne gewesen, die da hingemacht habe.

Pröppilein spielte zwar mittlerweile ganz brav und hingebungsvoll im muschelförmig, aufklappbaren Sandkasten, aber das Julchen tat mir so leid.

Mittags waren die jungen Leute aushäusig, während ich meinen berühmten Möhren/Kartoffel-Eintopf zubereitete.

Den aßen wir dann allerdings doch nicht, weil das Pröppilein schon wieder vom Opa abgeholt worden war, und außerdem war jetzt die Tatjana mit der kleinen Klara zu Besuch gekommen, während ich am ersten Satz vom Brahms Konzert übte.

„Du spielst gut!" sagte die Tatjana, „so wie ich als Nicht-Profi das beurteilen kann!"

Das Mittagessen vertagten wir auf den Abend, und zur Mittagsstund schickte ich mich an, das Haus zu verlassen. Mein Börsl apert aus: Nur noch zwei 10€-Scheine und ein paar Silberlinge, die aber auch schon an der Abschussrampe stehen.

Ich wollte die Bibliothek besuchen um zu schauen, ob sich dort vielleicht ein preisgekröntes Buch von Jens Söring findet?

Ein Scheriff hatte ja gemeint, in Amerika würden Familiendramen dieser Art mit Waffen ausgefochten: Eine saubere Angelegenheit. Kaum Blut. Ein, zwei Löcher im Kopf, und damit hat´s sich. Doch die Eltern von dem bösen Uschilein waren mit dem Messer niedergemetzelt worden, und daraus schloß man, daß der Täter ein Deutscher war.

Das Julchen döste im Liegestuhl auf der Terrasse, und der Anblick stimmte mich so traurig, weil er mich an die Kranken auf dem Zauberberg erinnerte.

Ob man das Julchen noch lange hat? Und ob sich das kleine Yaralein später noch an ihre wunderbare Mami erinnert? Und zu diesen Gedanken drohten sich meine Augen mit Tränen zu füllen.

Der emsige Ming saß wie immer hinter dem Computer.

Auf hoher See und ohne erkennbaren Horizont rudert Ming nach einem gescheiten Zukunftsnest. Ich trat an Ming hinan, bloß um das zu erzählen, was doch ohnehin jeder weiß: Daß ich leider keine Powerfrau geworden bin.

„Aber du bist doch eine!" tröstete der warme Ming.

Schöne Worte zwar, doch in meiner Karriere bewegt sich *nichts*.

Wie schön es jetzt wäre, wenn Mings einzige Schwester in einem schicken Businesskostüm stük´, und in den Chefetagen daheim wäre.

Ein schöner Traum vielleicht, doch für mich eher unpassend.

Ich erzählte Ming noch schnell und lustvoll, wie der Omar nach langem Ringen doch noch einen Traumjob gefunden habe, aber Ming konnte mir ja leider bloß ein viertel Ohr leihen, da er so tief in Arbeit stak.

Immerhin schaffte es der Omar vom Münzmohr* vor der McDonalds-Toilette bis zum Praktikums- vermittler für Studenten, und so was muß einem doch wohl Mut machen?

*Ein selten zu lesendes Wort

Ich hatte das Bedürfnis, dem Julchen Gutes zu tun.

Ob ich etwas aus der Apotheke bringen solle?

Ob meine Worte auch herzlich genug angekommen sind?

Oder klangen sie geschäftig, und wie im Vorübergehen dahingesprochen?

Nein.

Schließlich schenkte ich ihr zwei Chilibonbons, und radelte hinweg.

Beim Radeln sah ich, daß im Garten der „Ostfriesischen Landschaft" ein Spektakel stattfand. Eine schnatternde Gesellschaft stand herum.

Dreimal bog ich interessiert den Kopf danach, und schon hatte mich mein eigenes Fahrrad wieder aus der Sichtlinie gesogen.

Im Nachhinein vermeinte ich jedoch, die stark gealterte Frau Oles mit Blicken aufgefangen zu haben.

Daheim im Garten war ein Jausen-Picknick aufgebaut worden, und auf meinem eigenen Grundstück bekläffte mich ein kleiner Hund erbost! Er gehörte einer Dame, die zu Besuch gekommen war: Frau Noah.

Zu später Stund saß nur noch der unermüdliche Ming im Kabüff.

Wir Geschwister umarmten uns innig.

Ich erfuhr, daß ich bis zum Wochenende mein Zimmer räumen müsse, das in ein Büro umgeformt würde.

Schlafen könne ich dort schon noch, doch sonst? Ich müsse mich sehr früh erheben, den Mief der Nacht entweichen lassen, und das Bett in ein seriöses Sofa zurückverwandeln, denn von 9 – 12 Uhr kommt ab sofort täglich ein Fräulein, um am Telefon Karten für den Musikalischen Sommer zu verkaufen.

Freitag, 4. April

Streng, grau bewölkt und kühl

Erst beim letzten Weckerpieps realisierte ich, daß es der Wecker war, der mich in den Alltag hineingerupft hatte – aus einem Traumgebilde:

Über den Computer-Bildschirm tänzelte ein uralter rotstichiger Film, der zwei lachende Buben zeigte, die auf einem Bett auf- und abhopsten.

„Der Opa und sein kleiner Bruder!" rief ich fröhlich aus.

Im Eck stand ein Tellerle mit köstlichen Gutsles, die die Esslinger-Oma für ihre Liebsten gebacken hatte.

Nach Schwabenart streng rationiert.

(„Ein jeder bekommt zwei Stück und keinen Brösel mehr.")

Nun aber erhob ich mich in eine direkt schmollende und grollende Wetterlage hinein, und unter diesem Himmel rannte ich los.

Kurz vor der Einmündung in das Wäldchen stand wieder der Erpel von gestern.

Den Schnabel zu erbostem Gefauche geöffnet.

Dann war ich bald wieder daheim.

Nach der Dichterei folgt dann meist eine Zeitspanne unbestimmter Dauer, in der ich einfach nur lebe – ich selber bin! (Ein Passus wie aus dem Tagebuch einer Hannelore Elser) und tatsächlich lungerte ich vor dem Computer herum, und suchte mir meinen Kick.

Mein Thema z.Zt.: „Unschuldig im Knast" und mitfühlend dachte ich an all die Unschuldigen unter uns, – eingefangen von dummen Scheriffs, die es nach Ruhm dürstet, und die sich mit einer Verhaftung brüsten möchten - und wie sich zur Schmach des Einsitzens, auch noch der Hohn im Nacken ausbreitet:

„Ach ja, die sind *alle* unschuldig! Natürlich. (*Hohnlächel-Smilie*) Und wer soll´s dann bitteschön gewesen sein? Der große Unbekannte oder wie?"

Kanzlerin Merkel hatte doch versprochen, den Fall von Jens S. bei ihrem Staatsbesuch zur Sprache zu bringen, doch wie das wohl ausgesehen hat?

Im Yakusi erzählt sie´s ihrem Freund Barack, mit dem sie per Wangenkuß ist.

„Ja, weißt Du Angie, in Amerika sitzen nur Unschuldige im Gefängnis!"

Gelächter – Gelächter –Prooost!

Heute schaute ich mir den Fall von Dieter Riechmann an, einem Knästling, der mit einem feinen Humoreszug im Gesicht eigentlich ganz süß und pfiffig ausschaute. Es ist die Reife der Jahre, die ihn so hat aussehen lassen, und früher war´s nämlich ein Schicki-Micki-Typus aus dem Holze eines Dieter Bohlen, mit dem es das Schicksal hindess nicht gut gemeint hat:

Mit seiner Kerstin, einer Edelprostituierten, machte er einen Urlaub in Florida mit allem Pi pa po.

Dort gefiel es denen so gut, daß man gar über eine Zukunft in diesem Paradiese sprach, und abends eine Cocktailbar besuchte.

Ein Schicksal, das es so wohl nicht gegeben hätte, wenn damals der Navigator bereits erfunden gewesen wäre?

Man verfuhr sich nämlich in den Straßen von Miami, und der Dieter riet der Kerstin, etwas Trinkgeld bereit zu halten. Man wolle jemandem nach dem Wege fragen. Doch bei dieser Gelegenheit stürmten zwei lugubre Gestalten herbei, und eine schoß die Kerstin einfach tot, so daß sie wenigstens das Elend, daß ihr Lover im Knast seinem vorzeitigen Ende auf dem elektrischen Stuhle entgegenvegetiert, nicht mehr erleben muß. Eine Logik, die sich in den Schwanz zu beißen scheint, wie hier zugegeben werden sollte.

Nach einer Weile kam der verschlafene Ming ins Ashram, um einen Brief abzuernten: Heiß erwartet aber auch ein wenig herbeigebangt, da sich über die abzugebende Presse-Erklärung in Form unvereinbarer Meinungsverschiedenheiten düstere Wolken zusammengeballt haben.

Im Bioladen benahm sich Thomas Baier, wie ich fand, merkwürdig.

Kann sein, daß ich seinen leisen Gruß überhört hab, doch unter der Schädelkalotte eines Thomas Baier arbeitete es nun in meinem Kopf!

„Es war ihr neulich also wohl doch zu wenig mit der Weinflasche?! Und dabei schmeckt der so…mpf!" (Wieder küsste er im Geiste die Spitzen seiner zu einem kleinen Kreis geformten Daumen und Zeigefinger und lies das leise Bussi in den Raum hinaushüpfen.) „Ein bißchen scheint die Landschaft ja doch recht zu haben? Die Königs sind gierig!"

Jetzt stand der Hausherr an der Kasse, und schien es direkt zwickend und drohend zu fühlen, wie sich die unliebsame Kundin auf ihn zuwälzte.

„Sabine!" rief er."Sabiiiine!"

Doch die langjährige und bewährte Hausangestellte Sabine Kruse darf es sich inzwischen erlauben, nicht *immer sofort* zu reagieren wenn man pfeift.

Mittlerweile war ich an der Kasse angelangt, und nun zeigte sich gottlob, daß ich ganz nett war.

„Tschühüss!" sagte Thomas Baier erleichtert zum Abschied, und es klang vielleicht eine Spur zu tirrelierend, als daß es noch hätte ernst gemeint sein können?

Ich holte den *Stern* ins Haus, und ließ das Pröppilein somit eine ganze Zeitspanne lang aus den Augen. Etwas, das mir rund um den Briefkasten herum denn doch sehr ins Bewusstsein kroch.

Julchen sagte: „Ich _liebe_ es, wenn sie „Ooooh" sagt!"
Und tatsächlich tut Pröppi dies neuerdings öfters.
Vorzugsweise, wenn sie sich vielleicht irgendwo
anhaut. Es bedeutet „Hoppla!" und „wie konnte das
passieren?"

Ich beblätterte den _Stern_ und versuchte, das kleine
Pröppilein über den Rand des Journals nicht aus den
Augen zu lassen. Man hätte ein kleines Loch in das
Journal hineinschneiden sollen – doch nachher
fehlen einem wichtige Buchstaben?

Man schaute auf das neueste royale Foto: Den
kleinen George inmitten seiner Eltern neben Hund
Lupo am Fenster. Ein Journalist schrieb einen Text
dazu, dessen Stil mich an Jan Rübel erinnerte – Sohn
von Pastor Rübel - einen einstigen Geigenschüler
und heutigen Journalisten, den Rehlein damals wie
heute von ganzem Herzen nicht leiden konnte.

Er schrieb, daß es ein Alptraum sei, kleine Kinder zu
fotografieren. Entweder die Royals sind eine
unfassbar perfekte Familie, oder der Fotograf hat
unfassbar viele Bilder geschossen.

Dies sollte urig und witzig sein, doch ich fand´s blöd.
Wo der _Stern_ doch auch so überaus brilliante Journalisten beschäftigt!

Daneben befand sich ein Knastzellenfoto:

Ein Journalist hatte sich auf die für Uli Hoeneß
reservierte Pritsche gelegt, und jene Perspektive
fotografiert, die sich dem Uli in den nächsten
dreieinhalb Jahren nun allmorgendlich nach seinem

Erwuch zeigen wird. An der Wand hingen noch ein paar Poster von Nackerten, die sein Vorgänger, ein Mann, der sich entweder erhängt hatte oder in die Freiheit entlassen wurde*, zurückgelassen hat, und nach einer Aufzählung trostloser Tagespunkte, stand versöhnlich zu lesen: „…und mit welchen Postern er seine Wand schmückt, bleibt selbstverständlich ihm überlassen!"

*Hat der Stil des royalen Journalisten schon auf mich abgefärbt?

Dort wo einst Julchens PC stand, hat man heut ein Kuscheleck für das Pröppilein eingerichtet, und in diesem Kuscheleck saß nun das halbmalade Julchen mit ihrem kleinen Töchterlein.

Dem Julchen zeigte ich nun diesen Artikel. Mehr noch: Ich stellte uns vor, wie der Justizbeamte den Uli frägt: „Möchten Sie die Poster von Ihrem Vorgänger behalten?"

Doch der Uli will bloß ein FC-Bayern-Poster.

Dann aber las ich einen erschütternden Artikel über einen japanischen Häftling, der nach 46 Jahren aus der Todeszelle entlassen wurde.

Ihm war vorgeworfen worden, aus Bosheit und Mordlust eine fünfköpfige Familie ermordet und beraubt zu haben. Doch ein DNA-Abgleich brachte ans Tageslicht, daß er es nicht gewesen sein kann.

46 Jahre lang mußte er allmorgendlich damit rechnen, daß man ihm mitteilt, in *einer* Stunde fände die

47

Hinrichtung statt, und darüber ist der heute 78-jährige Herr alt und dement geworden.

Auf einem Foto lernte man einen Richter mit einem verzweifelten Gesichtsausdruck kennen:

Damals sei er jung und dumm gewesen, erzählte er. Er erlag der Versuchung, auf der Karriereleiter emporzusteigen.

Aber als er die Todesstrafe verhängte, sah er dem Häftling ins Gesicht, als dieser schlicht verkündete, daß er unschuldig sei, und wußte plötzlich, daß er die Wahrheit sagte.

Seither sei kein Tag vergangen, an dem er nicht an den armen Iwao gedacht habe, und an seiner Karriere vermochte er zeitlebens keine Freude zu empfinden.

Zur Mittagsstunde wartete man händeringend auf die Palette mit den Sommerprospekten.

Mein Auto war erneut verröchelt, und Ming lag mir in den Ohren, daß ich mir eine neue Batterie kaufen möge, und versank wieder in jenen tiefen, humorfreien Ernst, an welchem jedwede Gegenargumente abperlen.

Fast hätte ich´s gemacht, doch dann rief der Opa Willi an, und riet, die alte Batterie nochmals zum Aufladen vorbei zu bringen.

Wir schoben mein lebloses Auto über die Straße.

Von links und rechts stürmten Autos herbei, und so beschlossen wir, das Gefährt erstmal auf den Parkplatz der Ottens von gegenüber hinzustellen.

Doch da fuhr soeben behende ein schwarzes Auto drauf, dem ein Herr entstieg, den man zunächst nur von hinten kennenlernen durfte.

„Edzard!" rief Ming dieser Gestalt kumpelig und freundlich hinterher, und ich bewunderte ihn grenzenlos, derart bergend und angenehm ins nachbarschaftliche Leben integriert und eingebettet zu sein.

Und dann handelte es sich ja doch nur um einen fremden, gänzlich unbekannten Herrn, der stringenten Schrittes die Straße überquerte.

Ein Neffe von Frau Oettken, der gekommen war, seine alte Tante zu ermorden.

Doch er gab sich höflich.

Beim Schieben hatte ich mich offenbar so ungeschickt angestellt wie einst „Hans-guck-in-die-Luft".

„Wie kann man nur so verträumt sein?!" rief das Julchen aus. Doch anders als früher, störte es mich nicht mehr, zumal das Julchen diesen Passus auch belustigt & nett einfärbte.

Hernach hieß es, ich möge daheim bleiben und ein Auge auf die Lieferung halten: Eine ganze Palette an Programmen, deretwegen man bereits den Schuppen leergeräumt hatte.

Rehlein in mir hätte am liebsten einen ganz früchtebröternen Zettel an die Haustüre geklebt:

Bitte laut und hartnäckig klingeln!
Bin alt, schwerhörig und leide unter chronischer
Verstopfung, so daß es mitunter dauern kann.

Besonders viel Zeit frisst es immer, die zwanzig Kirchenmails zu tippen, und wahrscheinlich vergeigt man ja doch bloß seine Zeit damit, da praktisch nie jemand antwortet.

Man vermisst ein begeistertes „Au ja!"

Onkel Dölein schickte die Hilke-Fotos, die er mit seinem Fotobearbeitungsprogramm in lustige Nacktfotos verwandelt hatte.

Leider war der Onkel neulich krank, und in seinem Alter müsse man ja stets mit dem Schlimmsten rechnen: Krebs oder Schlaganfall.

Er übergab sich mehrfach, doch dann ging´s auch wieder bergauf mit ihm.

Abends lud Ming mich zu einem kleinen Wein ins Ashram ein.

Pröppilein konnte wieder nicht schlafen, saß jedoch ganz brav im Kuscheleck.

Als es mich dann sah, hat es sich dann allerdings soo gefreut!

Es erhob sich auch gleich, und dies, wo die Erwachsenen doch die „Heute Show" anschauen wollten.

Ich warf eine Frage auf, die ich vor wenigen Tagen schon mal aufgewirbelt habe: „Wie hat man eigentlich den damals einjährigen Buz ruhiggestellt, als es noch keinen Televisor gab?"

Buz hatte ein Kinderfräulein und eine garstige große Schwester, die dem Fotografen immer nur die Zunge herausstreckte, so daß es kaum ein brauchbares Kinderfoto von ihr gibt. Und so ist es bis zu ihrem Lebensende geblieben: Richtete man den Fotoapparat auf sie, so streckte sie die Zunge heraus, so daß es leider auch kaum ein brauchbares Seniorenfoto von ihr gibt.

Samstag, 5. April

Grau

In der Nacht lärmte das Pröppilein wieder laut und barmend. Irgendeine barmherzige Seele war seufzend mit dem kleinen Quälgeist die Treppen herabgekommen, und das scheinbar unmotivierte Geschrei tönte direkt an meinem Ohre auf. Nett und reif wäre es somit gewesen, wenn ich vor die Tür getreten, und rustikal zum Julchen gesagt hätte: „So, nun nehme *ich* die Kleine, und du gehst wieder ins Bett, damit du genügend Schlaf abbekommst."

Doch wie paralysiert blieb ich liegen, und hatte hinzu das Gefühl, gleich töne der Wecker auf, und die kostbare Nacht schien mir schon wieder unaufhaltsam auszurieseln!

Immer wieder träume ich in der Nacht vom Rudolph-Lipizer-Wettbewerb, und eine vernünftige Erklärung findet sich hierfür nicht.

Völlig überraschend hatte ich die 1. Runde bezwungen, und nun stand am Nachmittag die 2. an. Ich mußte an Worte von Gretchen Vollbeck (aus Ludwig Thomas „Lausbubengeschichten") denken: „Cornelius Nepos ist ja sehr leicht, aber wenn du wirklich in die 5. Klasse kommst, dann beginnen die Schwierigkeiten."

Im Hotel klang ein Furz des Vorsitzenden der Jury, der unter der Ritze einer Toilettenkabine hervortönte, belehrend und standfest: Wie das Wort eines ernsten Mannes, an dem es nichts zu deuten und zu rütteln gibt.

Na wenigstens hatte ich die letzte Etappe der Nacht ausgezeichnet geschlafen, und nun erhob ich mich, um wieder durch einen verhangenen, diesmal allerdings ganz einsamen Morgen zu joggen.

Am Beginn der Hundekackpromenade brannten um diese frühe Uhrzeit noch die gelblichtigen Laternen, und verströmten eine geheimnisvolle Aura.

Das Entenehepaar traf ich heut an anderer Stelle:

An einem Tümpel im Wäldchen.

Dann stürmte ich wieder heim.

Bzgl. eines neuen Tagebuchs hab ich derzeit wirklich Sorgen: Die Firma scheint in echten Schwulitäten!

„30 – 40 Tage Lieferzeit" liest man unfroh, da man sich ja denken kann, daß der moderne Mensch in seiner verknappten und bündigen Denkweise solcherlei heutzutage gar nicht mehr braucht.

Man diktiert das wenige das es noch zu sagen gibt in sein Diktaphon, und löscht die Worte auch alsbald wieder hinweg, wenn sie ins befugte Ohr gestrudelt und versickert sind.

Im Morgengrauen schaute ich einen Mordfall von Kommissar Wilfing an: Spannend, prägnant und wahr, so hieß es – und so war es auch:

Eine Dame verliebte sich auf einer Faschingsfeier in einen Herrn, und war zwei Monate später bereits im dritten Monat schwanger! Doch der Lover hatte soeben auch noch eine andere geschwängert: Die Claudia! Und so wollte er die Ingrid schnell wieder loswerden, und setzte einen Killer auf sie an....

Nach dem Geständnis auf dem Polizeipräsidium, sagte er dann auf lose Weise:

„Hübsche Polizistinnen haben Sie hier. Da laß ich mich doch gerne festnehmen!"

Kurz nach 9 verließ ich das Haus.

Zunächst hatte ich auf der Fockenbollwerkstraße das Gefühl, dem in einem roten Annorak steckenden Pastor Rübel entgegenzuradeln. Ich sah ihn so

plastisch vor mir, aber wahrscheinlich war er es gar
nicht, und die Stadt ist für mich derzeit mit lauter
Rübels durchwuselt.

Dann wiederum sah ich am Polizeipräsidium
Christoph Göhler mit seinem Fahrrad, das wie ein
Esel mit allerlei bepackt ist. Wie er nun wieder als
Gärtner „die Klinken putzt", dieser erbärmliche
Mensch.

Er hob die Hand zum Gruße, ich zwar auch, doch in
dieser Geste lag nicht die geringste Herzlichkeit –
eher etwas verächtlich Abschließendes. („Laß gut
sein!") Ich schaute dann auch gar nicht mehr in seine
Richtung, und radelte einfach von dannen.

Im Bioladen kaufte ich für fast 20€ Biokost für
meine Lieben. U.a. den teuren Käse, den der Yossi
einst mit *einem* Happ, und hinzu ohne es zu
bemerken, hinabzuschlingen pflegte

Frau Linkes Kommen lag bereits in den Lüften,
doch an ein gescheites Frühstück war dennoch nicht
zu denken, da Ming bereits vom Schwunge erfasst
worden war, Buzens Zimmer in ein Kartenvorver-
kaufsbüro zu verwandeln, und auch noch den
Staubsauger aufheulen ließ.

Ich hatte bei der Firma „Semikolon" in München
angerufen, und ein neues Tagebuch (leinenbezogen,
mit edelstem Büttenpapier) bestellt, und die nette
Frau am anderen Ende der Leitung empfand ich als
sowas an angenehm und mütterlich.

Direkt an diesen Anruf angeschmiegt rief Frau Obst an, und färbte ihren Namen so ein, als müsse er ein Begriff sein. *Oooobst!!*

In der Zeitung stünde doch wohl, daß heut der Vorverkauf begänne? Da müsse doch endlich mal etwas im Internet stehen!

Leicht tadelnd ausgesprochen, und mit der Grundbotschaft durchtränkt: „Na, wird dies den jungen Leuten nicht wohl doch etwas viel?!"

Mit den Mitarbeitern fühlt sich das Leben nun so allmählich an, wie „unter Probenden", und außerdem hat das Julchen eine horrende Rechnung von über 3000€ bekommen.

(Natürlich eine windschiefe Summe um Professionalität vorzugaukeln.)

Das Julchen hat dies nicht an die große Glocke gehängt, und ich hab's nur durch Zufall gesehen.

Wir frühstückten, und das Pröppilein ging in den Erwachsenengesprächen etwas unter. Strenggenommen war auch für Frau Linke um 11 Uhr *eigentlich* gar kein Platz in unserem Leben.

Ich hatte bereits einen ersten kleinen Spatenstich getätigt, indem ich einen dürren Notenständer vor dem Fernseher aufgebaut hatte, und als Frau Schinke schließlich die Stube betrat, standen Opa Willi, Julchen und die Kleine an der Balkontüre und plauderten.

Yaralein reagierte etwas indifferent auf Frau Linke, indem sie eine „Schippe" zog. Das Kindergesicht, das doch auch so freundlich und fast verschwörerisch lachen kann, war mit einem Ausdruck angeekelter Mißbilligung überzogen.

„Ich tu dir doch nichts!" sagte Frau Linke in mattem Erfreuen über den Fratz.

Wir sollten uns ins Musikzimmer schleichen, und der kleine Notenständer, den ich doch extra für Frau Linke aufgestellt hab, wirkte in seiner Dürre so erbärmlich und gerupft!

Wir nahmen uns Haydns Kaiser-Quartett an.

Zunächst spielte Frau Linke recht forsch, bis nach etwa drei Zeilen die stusstreibenden Stellen anhuben. Noch hatte ich ja nichts Belehrendes von mir gegeben, doch all meine pädagogischen Ideen, die ich jemals für Frau Linke ausgebrütet habe, lösen nichts als einen nervösen Stuss aus, und saugen meine ohnedies viel zu schwache Unterrichtsbatterie vollkommen leer.

Jede normale Lehrerin hätte dem Treiben auf der Bratsche längst Einhalt geboten, in die Hände gepatscht und ausgerufen:

„So hat das keinen Zweck!"

Man war an einer ganz simplen Stelle angelangt: Sechzehntel-Gruppierungen, die in einen kleinen Notenhügel mündeten, der zwiefach gespielt wurde, um dann mit einigen wenigen in die Höhe strebender Achtel wieder auszuklingen.

Schließlich war die Stunde um.

Ich nötigte Frau Linke noch ein Glas Wasser auf, und sprach von jener Dame aus Wolfenbüttel, die 111 Jahre alt geworden ist.

Es könne somit sein, daß auch auf Frau Linke noch mehr als 30 Jahre warten?

Inzwischen hatten sich Willi und Birgit bei uns installiert, und die Birgit machte sich in der Waschkammer nützlich, in welcher sich über Jahrzehnte hinweg Einkaufsbeutel angesammelt hatten, von denen man nun nicht mehr wußte, wo hin damit?

Ganz geduldig watete die Birgit in diesem Wust aus Einkaufstüten, und man hätte ja lachen können, wenn sich dort noch einige aus den 30er Jahren von unseren Vormietern gefunden hätten:

Kauft nicht bei Juden!

Wieder sprach ich von der Idee, daß wir die Uromi doch bei *uns* aufnehmen könnten. Das Einzige, was man gegen Enge im Hause tun könne, wäre, noch jemanden aufzunehmen – so unlogisch dies auch klingen mag. Ein Trick, der noch immer funktioniert habe.

Die Karten werden gänzlich neu gemischt, und plötzlich zeigt sich ein Sinn in der *scheinbaren* Enge.

Das Yaralein als ofenfrische Urenkelin würde dem verglimmenden Leben der alten Dame noch einen Kick geben – doch die Birgit glaubt's kaum.

In Buzens Zimmer wurde der neue 400€ teure Computer von Aldi aufgestellt. Ein neumodisches Model in dem alles bereits installiert ist.

Das Julchen sprach davon, daß man mir mal etwas zustecken müsse.

„Um Gottes Willen, nein!" sagte ich nach Art einer ganz lieben Schwiemu, und entfernte mich erstmal zum Combi, wo ich ein paar Schokoladentafeln kaufte, so daß Ming es gewiss nicht so gern gesehen hätt.

Nach einer Weile hieß es, ich möge schon mal Gemüse kleinschnippeln.

Ich röstete die gerippten Nudeln, doch das schien später nicht so anzukommen.

Die seien doch schon drei Tage alt, rechnete das Julchen mit unfrohen Gefühlen, da man dem Pröppilein so etwas nicht gerne verfüttert.

Opa Willi ergriff meine Partei, und Ming, der es immer allen recht machen möchte, furchte sein Gesicht in tiefen, verdrossenen Ernst.

Man bohrte und saugte, und mich machte es nervös, auch wenn ich mir Mühe gab, nicht nervös zu werden.

Einmal küsste ich Ming auf den Arm, ohne wirklich gescheit geschaut zu haben, ob dies nicht doch vielleicht der Arm vom Willi sei, so daß ich – von jähem Schreck erfaßt - kaum wagte an dem beküssten Arm emporzublicken.

Sonntag, 6. April

Am Morgen rosa Wölkchen.
Sonst allerdings leider trüb und verheult

Beim Rennen am Morgen dachte ich nicht besonders viel, und schon gar nichts Kluges, und ließ mir die Gedanken mehr so „um die Nase wehen", um im Bedarfsfalle danach zu greifen („gegebenenfalls").
Ich dachte an Herrn Keck, der meinen Geburtstagsbrief bekommt, und womöglich befremdet ist. („Hää?") ← (Ich hatte mich im Datum geirrt, dies jedoch erst bemerkt, nachdem der Brief in die Umlaufbahn geschickt worden war. Der Geburtstag ist doch erst am 5. Au<u>GUST</u>!) Vielleicht bekommt er sogar Angst, – dies dachte ich, als ich in das Wäldchen eingebogen war – ihm könne ein Schicksal blühen, wie Pfarrer Michael Hammerschmidt, dem eine liebestrunkene 71-jährige mit ihren Anzüglichkeiten schamlos nachstellte.
Dann zeigte sich die Sonne, die aus dem Schornstein eines friesischen Hauses hervorzuquellen schien.

Extra um den Sonnenaufgang besser genießen zu können, rannte ich den Längsweg noch etwas retur, um ihm von neuem „im Schwung zu nehmen", doch als ich nur wenige Sekunden später wieder zurück rannte, hatten böse Wolken die neugeborene Sonne einfach aufgefressen.

Auch das ist Ostfriesland wie es leibt & lebt.

Nach meinem Entenehepaar hatte ich vergebens Ausschau gehalten. Ob die Sonntags ausschlafen? (Ein Satz wie vom Kempowski.)

Auf dem Heimweg leuchteten am Wegesrand vier Erpel auf: Ein kleines Herrenkränzchen.

Dann sah ich auch noch, wie ein Amselbulle der auf einem Ast saß, flüchtig in die Tiefe schiss. (Ein kleiner Moment in meinem Leben – kaum eine Sekunde lang, und doch hier im Tagebuch für die Ewigkeit festgehalten.)

Beim Kaffeekochen dachte ich wieder darüber nach, *wie Herr Bogdanovich damals seine Enkelin ermordet hat: Er zupfte ein Roßhaar von seinem Bratschenbogen ab, zermörserte es und rührte es der Kleinen in den Brei.*

„Binnen dreier Wochen tritt völlig überraschend und aus heiterem Himmel der Tod ein", hatte er zuvor in seinem Mordmethodenbuch gelesen ging.

Doch daß es tatsächlich so kam?

Nach dem Exitus seiner Enkelin ging es Herrn Bogdanovich eine Weile lang sehr schlecht, so daß es ihm Mühe & Pein bereitete, anderen froh & unbefangen gegenüberzutreten.

(„Alles klar, Alter?")

Erst nach der Beerdigung und dem frisch gefassten Vorsatz,
in Zukunft viel Gutes zu tun, fand er wieder etwas Ruhe.

Ich schaute Kriminalfälle mit Kommissar Wilfing
(spannend und prägnant): z.b. über eine graumelierte
52-jährige, die mit ihrem Mann nach Namibia
auswandern wollte. Von ihrer Tochter sollte sie zum
vorletzten Male zum Flughafen gebracht werden, denn
es hieß, binnen weniger Wochen würde man noch
ein allerletztes Mal nach Deutschland zurückkehren
– hernach jedoch für immer entschwinden...
(Dieser Schmerz für die Tochter! Unfaßbar wäre dies
für mich. Allerdings war ihre Mutter ja ein eher
unverbindlicher Mensch, so daß es weitaus weniger
tragisch war, als müsse man dies mit dem süßesten
Rehlein durchleben.)
....dazu kam es allerdings nicht mehr, da ihr Mann
heimlich aus Namibia zurückgekehrt war, um seine
Frau in der Nacht zu ermorden. Er wollte sein
Leben in Afrika lieber mit einem jungen Blödchen
fortsetzen, statt mit einer verknitterten zankes-
lüsternen und besserwisserischen 52-jährigen, was
man ja eigentlich durchaus verstehen kann.

Die jungen Leute schliefen heute lang.
Um ½ 11 war ich immer noch „unter mir".
Ich hatte ein bißl gespült, das Frühstück aufgebaut,
und schließlich meine Violine zur Hand genommen.

Fauré Sonate, 1. Satz – hernach die Chaconne von Bach einmal durch. Ein Arbeitstohuwabohu, das nach Lüftung und Reform schreit.

Beim Chaconnenspiel versuchte ich den biologischen Inhalt des Werkes zu entschlüsseln und darzustellen:

Das Werk beginnt relativ neutral, doch bald werden Gefühlsnuancen an verhaltener Melancholie und Zärtlichkeit beigefügt, und so gesehen kam es mir albern vor, wie Gidon Kremer das Werk „rockig gegen den Strich bürstet", und die meisten Interpreten die Anfangsakkorde krachend wie Furzessäulen in den Raum stellen.

Nach einer Weile rief die Omi Birgit an, die vorsichtig anfragen wollte, ob die jungen Leute wohl weiterzumachen gedächten?

Weiterzumachen?

Und ich hatte so gehofft, die Haushaltshürdelei hätte sich für´s Erste erledigt.

Dort, wo das Klavier steht, plant man, für das Pröppilein eine kleine Kuschelecke einzurichten.

Wenig später begrüßte mich das Pröppilein so süß mit einem sog. „Nasenbutz". Es lief auf mich zu und schmiegte das warme kleine Köpflein an meins. Etwas, was es später auch mit dem Gummipferdchen „Rodi" betrieb.

Ich erfuhr, daß die vielen Mitarbeiter ganz schön ins Geld gingen.

„Dann muß *ich* das machen. Ich koste nichts!" sagte ich nett.

„Du könntest ab und zu Karten verkaufen!" sagte das Julchen leichthin. „Z.B. zwischen dem 25.4. und 15.5. Bist du da hier?"

Ich hab ja bloß drei kleine Konzertchen, die keinesfalls 20 Tage in Anspruch nehmen.

Schon sah man die schöne Zeit in Grebenstein ohne mich davonschreiten, oder aber hier im Büro entsickern, und so tat ich so, als habe ich doch etwas vor.

(Buz in mir sprach)

Beim Frühstück erzählte ich, daß Bea & Jesse praktisch nie ins Konzert gehen würden.

Wenn es einen vielleicht mal nach Musik dürstet, dann läßt man ein Weihnachtslied auf dem Smartphon aufplärren.

Aber die Bea spielt ja sehr gut Klavier.

Die Linda* auch, und die Miette** auch.

*Beas Tochter (*1973)

**Lindas Tochter (*2004)

Und das kleine Pröppilein konnte man zu diesen bewundernden Worten für die Verwandten in Amerika auf der Terrasse im Sandkasten sitzen sehen.

Leider war's bei uns ganz ungemütlich.

Ming sprach davon, daß man Buzens Zimmer nun ganz räumen müsse, und ich stöhnte darüber.

Seitdem ich Ming & Julchen kenne, wird eigentlich immer nur herumgeräumt und renoviert.

Am Schlimmsten aber schien mir, daß mein Konzertgewand abgängig war. Es lag doch zuvor auf der Scheselong, und die Scheselong wiederum steht seit gestern unter einem grünen Leichentuch auf der Terrasse. Und an der Garderobe hängen so unermesslich viele schwere Mäntel, daß man toll werden könnte.

Es gab mir keine Ruhe, daß das Gewand weg war, und nun war ich nicht nur aus dem Tüchtigkeits-pfade herausgehebelt, sondern meilenweit davon hinweggeschleudert.

Verzweifelt versuchte ich etwas Ordnung in die Papiere auf dem Bett zu bringen, doch all mein Bemühen wirbelte bloß neue Unordnung auf – wenn ich auch Tonnen an Bewerbungen entsorgte.

Doch ich tat´s nicht mit Häme und Hohn, wie eine in Rage geratene Hausfrau, der das alles zuviel wird, sondern mit Bedauern, und die zugesandten CDs der Künstler behielt ich allesamt, mit dem Vorsatz, sie mir bei meinen Autofahrten mit der Zeit alle anzuhören, und den Interpreten gegebenenfalls ein Kompliment zu machen.

Daß mein Konzertgewand abgängig war, löste einen Grübelzwang in mir aus, auch wenn Ming riet, etwas anderes zu denken. So ein Gewand verschwindet nicht einfach, und eines Tages taucht es mit Sicherheit wieder auf – und dann war das Gewand plötzlich wieder da, und ich war so froh, keine Szene auf´s Parkett gelegt zu haben, auch wenn meine Nerven von diesem Vorkömmnis leider dünnge-drösselt waren.

Mittags war unser Haus so voll, daß man kein Bein auf die Erde brachte.

Opa Willi bringt immer so einen Sonnenschein ins Haus. Man bewundert ihn grenzenlos für sein Knoff-hoff, und am neuen Computer sitzend erzählte er, daß er sich immer etwas vornimmt, und dann leider doppelt so viel Zeit dafür braucht, wie veranschlagt.

Das Nächste, was man sich vornehmen müsse, sei <u>mein</u> Zimmer oben, sagte das Julchen so leichthin.

Das Julchen riet, ein paar Regale in Buzens Zimmer für meine Besitztümer freizuräumen.

Und ab morgen müsse ich eventuell oben üben.

Und so wie sich der Häftling Waldemar nach seiner Heimat Sibirien zurückgesehnt hat, so sehnte ich mich nach Grebenstein zurück.

Ming riet allerdings davon ab, schon wieder nach Grebenstein zu reisen. Was wolle ich denn dort? Die Edith besuchen?? Und für die Aufzucht würde doch wohl jeder welke Arm gebraucht! Naaain! So sagte es der feinfühlige Ming natürlich nicht.

Einmal tanzte der Willi übermütig einen Walzer mit mir, und hernach knabberte ich mit Ming im Duett einen Kriminalfall von Josef Wilfing an:

Eine Tschechin erhob sich immer früh, um auf dem Arbeitsstrich ein Pöstchen zu ergattern, und eines Tages schien sie tatsächlich „Glück" zu haben, auch wenn sich dies Glück nun leider als Verhängnis erwies: Sie bekam einen Job als Haushälterin in einer Nobelvilla.

Die Tür wurde von einem Blödchen geöffnet, das ebenfalls aus Tschechien stammte, und einen widerlichen Typen aus der Schicki-Micki-Szene geheiratet hatte. (Erinnernd an den totgeschossenen „Knaths" von Ingrid van Bergen)

Das arrogante Blödchen, das von der Furcht beweht wurde, diese Zugehfrau könne es auf ihren Mann abgesehen haben, stellte auch gleich die Hackordnung klar.

„Daß wir aus dem gleichen Land stammen, bedeutet nicht, daß wir beste Freunde sind!" sagte sie in kaltem Tonfall auf tschechisch.

Bis hierher schauten wir den traurigen Fall.

In einem anderen Fall hatte ein prinzenartiger junger Mann einfach seine Mutter ermordet. Die Mutter wollte ihn hinauswerfen, weil er ein Nichtsnutz war, und hatte sogar ein Schloß am Kühlschrank angebracht, aus welchem er sich nachts hemmungslos zu bedienen pflegte.

Mittags regnete es so, daß sich mein Freigang verzögerte.

Man transportierte das Klavier ins Musikzimmer, während ich das Pröppilein zu „Günther gesteh!" und „Avec twaaaaaaaaaaaaa!" auf den Knien hielt, und hernach wurde die neugebildete Kahlfläche im Ashram geräuschvoll besaugt, und übertönte die Gesänge.

Als der Lärm verklungen war, kam die Birgit zu Besuch, und nach einer Weile stahl ich mich mit klammen Gefühlen aus dem Hause.

Doch nach etwa 200 Metern pflegen sich die klammen Gefühle, die einen sich rechtswidrig von seinem Bestimmungsort Entfernenden umhüllen, auch wieder aufzulösen, und in der Glupe kam mir jemand entgegen, der mir bekannt war. Mein Schwiegerfreund Erhard – Ehemann meiner lieben Freundin Maria.

Vor einem frisch erbauten, aber leider ganz hässlichen, schwarz-silbrigen Haus hielten wir einen Schwatz.

Der Erhard neigt dazu, Verdrießliches fassungslos und grätig kläffend zu kommentieren: z.B. die Zustände in den Altersheimen, die ja offenbar nicht so prickelnd sind.

In der ARAL-Tankstelle hatte ich mir ein Nußhorn aus der Eistruhe gefischt, und mit der kalten Fracht in Händen mußte ich nun Schlange stehen.

An der Kasse stand die unangenehme Ulla Hoffmann, die ja weder ein Lächeln, noch ein freundliches Wort für uns Kunden übrig hat.

Ich reichte einen 50€ Schein rüber, hatte allerdings ein ungutes Gefühl dabei, so daß ich es zwiefach betonte, daß ich es „nur so groß" hätte, denn der Teufel hat´s gesehen, und die böse Frau rückt nur ein paar Münzen heraus, und beharrt auf arrogante Weise drauf, ich hätte mit einem 5€-Schein bezahlt. Naja – nochmals gut gegangen.

Wieder daheim, trug mir das Julchen an, das Mittagsessen zu kochen.

Das fleißige Julchen hatte bereits Möhren und eine Süßkartoffel zerkleinert, und nun kochte ich die als äußerst schmackhaft konzipierte Speise zuende.

Auf dem Herd lag Pröppis Micky-Maus Folie, die an ein großformatiges Röntgenbild erinnert, und ich erzählte Ming von den Patienten auf dem Grimmenstein*, die mit solch einer Folie herumlaufen, und auf ihr Urteil warten.

*Ein Berg, auf dem eine Lungenfachklinik in Niederösterreich steht, wo sich Buz leider öfters hinbegeben mußte

Abends war´s wieder stressig.

Ich hatte Rehlein zum Hochzeitstag angerufen, und später setzte Ming das Telefonat mit den Eltern fort. Doch bald schon hörte man ihn aufgebracht poltern.

Nervös stimmte mich auch, daß mein Internet-Stick nicht mehr funktionierte.

Doch dann griff ich wieder nach meiner Violine, und nach einer Weile gebot Ming dem Lärm Einhalt, da das Pröppilein jetzt schliefe.

Montag, 7. April

Vorbeiziehendes leicht schlappes,
und doch lichtes Wolkenwetter,
nur Mittags blickte die Sonne ganz verhuscht und
schüchtern ein paar mal durch die Wolkengardinen

Man übernachtet zwar im gewohnten Zimmer, doch selbiges hat sich verändert, und ist fremd geworden.

Sauber und aufgeräumt wartet nun ein richtig schmuckes Büro auf die aufstrebende Rosanne, ein junges Mädchen aus der Nachbarschaft, das nach einem Job Ausschau gehalten hatte.

Das Julchen ist immer so aufmerksam, direkt mütterlich und – ohne es an die große Glocke zu hängen - um das Wohl des Anderen besorgt, und ich wurde angewiesen, nach meinem Erhöbnis die Heizung auf 3,5 zu stellen, auf daß es das junge Fräulein auch kuschelig warm habe.

Die Schuhe im Flur waren schön geordnet, meine schäbigen und klobigen Tennisschuhe jedoch verschwunden.

Doch dann fanden sie sich in der Waschküche.

Ich stürmte hinaus und rannte.

Im Altenheim herrschte Frühstücksaktivität, und dadurch, daß man dort, laut Erhard, zuweilen schon am frühen Nachmittag gegen 17 Uhr ins Bett gepackt wird, ist´s vielleicht die schönste Zeit am Tage?

Ein neuer Gnadentag hebt an, während im Wäldchen nebenan in der Nacht vielleicht eine junge Diskobiene ermordet wurde?

Aber man selber ist noch da.

Dann war ich wieder daheim, und auch für mich begann die schönste Zeit des Tages.

Ich trank Karokaffee, naschte etwas Schokolade, schaute Kommissar Wilfings Kriminalfälle an, und wünschte, die Zeit würde für immer stehen bleiben.

Das tatse aber nicht, und rosannenbedingt sprudelten die jungen Leute auch etwas eher an Land.

Dankbar nahm das Julchen mein Angebot an, Brötchen zu holen.

„Na, alles fit im Schritt?" sagte Thomas Baier – nein! In diesen Worten sagte er es natürlich nicht, doch der gestresste Herr schaltet bei meinem Anblick immer angestrengt auf „Frühlingsmodus", und tönt seine Stimme deutlich frühlingshafter ein, als sie seiner wohl eher gedrückten Stimmung entspricht. Wir befanden uns am Joghurt-Schrank, und ich dachte Dinge wie: „Ich müßte eigentlich deutlich mehr Anteilnahme und Interesse zeigen!"

Am liebsten würde ich ihn ja direkt nach seinem Eheglück befragen, das meiner Meinung nach leicht bedrückend und seltsam ist.

Doch ich frug ihn „nur" wie es ihm geht?

Am Wochenende war man Radeln an der Küste.

Ob es da nicht sehr kalt gewesen sei?

Nein. Beim Radeln würde einem warm.

Am Brotregal schaltete auch die verhärmte Maria Baier mir zu Ehren auf Frühlingsmodus und wünschte mir eine schöne „schwungvolle" Woche.

Daheim ist schon bald die Rosanne gekommen. Ein 18-jähriges Ding auf einer Art „Hufeisensockel", wenn sich der Leser etwas darunter vorstellen kann: langen, dünnen und hufeisenförmig leicht nach außen gebogenen Würstelbeinen. Scheu, und doch freudig in Erwartung eines ersten richtigen Jobs, („Mein erster richtiger Job!") wo man allerdings sehr bangen muß, ob man wohl gescheit bezahlt würd?

Selbst ich hatte mir auf meinem Radltrip ja Gedanken gemacht, ob das wohl ein passender Job für mich wäre? Täglich von 9-12 Uhr erbarmungslos zu arbeiten, und sich seine Scheine dafür hernach auch wirklich redlich verdient zu haben?!

71

Beim Frühstück kam wie meist irgendwie gar kein gescheites Frühstück zustande. Das Julchen mußte die Rosanne einweisen, Ming war sehr nachdenklich und in sich gekehrt, und Pröppi zog´s ins Kikaninchen-Eck.

Durch die Türe hörte man die frischgebackene Jungsekretärin Rosanne ihren ersten Anruf entgegennehmen:

„Musikalischer Sommer, Holstein, Guten Tag!" sagte sie, und *da ließ sich doch ein unterhaltsamer kleiner Scherz für die wenigen kostbaren Sekunden, die man beieinander sitzt, herausdestillieren.*

„Um Gottes Willen! Da hab ich mich verwählt! Ich wollte doch den Musikalischen Sommer von Ostfriiiiesland! Entschuldigung!" Batsch, aufgelegt.

Das Pröppilein saß auf meinen Knien, und da es zu Videobeginn immer so entzückend aufjubiliert, bat ich Ming, das Ganze mit dem I-Pad aufzunehmen.

Das Pröppilein wird nun von Tag zu Tag fordernder, und benimmt sich zuweilen so, wie einst der junge Ming auf der Salzburg*.

*Seinen dritten Geburtstag hat der süße Ming einst auf der Salzburg feiern dürfen.

„Wir schenken Dir die Salzburg!" hatte das junge Rehlein damals etwas kurzsichtig gesagt, und somit fühlte sich Ming dort natürlich als Hausherr.

Ming war begeistert, doch als die Salzburg dann geschlossen wurde, hat Ming ein Geschrei veranstaltet, das man nie vergessen kann und wird.

Schon wieder galt´s zu spülen, und nach einer Weile übte ich mein Programm für das Konzert in Oese. Doch kaum hatte ich damit angefangen, da hatte das Julchen eine Aufgabe für mich:
Von 12-13 Uhr den Telefondienst zu übernehmen.
Um Punkt 12 löste ich die Rosanne somit ab.
Bald schon lief die kleine Familie am Fenster vorbei. Pröppilein auf Mings Arm schaute verdrossen aus, so daß ich Angst bekam, es sei mir gram. Doch als Ming sie etwas höher hielt, erhellte ein liebes Lächeln das goldige Kindergesicht.

Mittags erbot ich mich zu kochen:
Ein Angebot das immer wieder dankbar angenommen wird – so auch jetzt. Das Julchen hatte bereits Gemüse gekauft, und mir oblag´s, es kleinzuschneiden.
In einer Tüte befanden sich Birnen für ihren kleinen Liebling, und ich war so gerührt.

Bald darauf galt´s, die jungen Leute aus dem Büro an den gedeckten Tisch zu holen.
Ich hatte schon gemeint, Ming telefoniere, doch es war bloß so, daß er dem Julchen einen mahnend klingenden Brief vorlas, den er ausgearbeitet hatte, und wo man vielleicht ein wenig Obacht geben muß,

73

daß er eine beginnende schwelende Feindschaft nicht zum Explodieren bringt.

Auf Art vom Opa, möchte Ming dem Angeschriebenen mahnend den Zeigefinger entgegenschwingen. („So nicht, mein Lieber!")

Beim Essen sprachen wir über die Rosanne, die an Samstagen bei VW arbeitet, und dort 300€ bekommt, und von uns bekommt sie gar 450 €!

Das Julchen meinte, die schlimmste Arbeit, die sie je angenommen hatte, wäre jene auf der Messe gewesen, und sie habe sich noch nie so gelangweilt. Im Caféhaus arbeitete das Julchen einst mehr zum Spaß. Es gab nur einen mageren Stundenlohn von 6 €, und pro Woche arbeitete sie nur zwei Stunden.

Am Telefon sitzend malte ich mir aus, wie der Kirschneroth anruft, um eine Karte zu bestellen.

Ein vermeintlich raffinierter Schachzug, der als Beschämung gedacht ist.

Doch nun ist ihm, als habe man einen Eimer mit kaltem Wasser über seinem Haupt entleert:

„Hallllooooh? Was soll denn das ej? Willst du uns beschämen, oder was?"

„Ich will nur die schöne Musik hören!"

„Ach komm. Hör doch auf!" schmettere ich den schönen, ebenfalls als Beschämung konzipierten Satz einfach wüst beiseite.

Nein. So sollte man natürlich auch nicht werden.

Pröppilein brillierte beim Wimmelbuchstudium am Eßtisch: Überall konnte sie mit ihrem kleinen Wurstfinger draufzeigen – sogar auf einen Regenschirm, der zugefaltet war.

Da trommelte das süße Pröppilein zu unserem Freudensgeheul mit beiden Händen begeistert auf dem Wimmelbuch herum.

Die Gretel auf dem Balkon schien mit ihrem Hartmut zu telefonieren, und das Pröppilein durfte sich einfach so auf die Stiege vor dem Hause setzen, um dem Liebesgesäusl zu lauschen.

Ein Herr in einem Rundschreiben regte sich über die Hocharroganz der Richter auf. Sie sagen Dinge wie: „Das tut hier nichts zur Sache!" und „*Ich* stelle hier die Fragen!", und so schrieb der Herr bekümmert über den Kampf des sog. „kleinen Mannes" gegen die scharfen Windmühlenräder der Justiz, die einem allzu leicht den Kopf vom Rumpfe wirbeln

Ming habe ich dies ja gestern bereits als Weisheit mit auf den Weg gegeben, wenn er die auch heute beim Mittagessen schon wieder vergessen hatte, da ich ihm ja angeblich so viele Weisheiten mit auf den Weg gebe.

Auf meine examinierende Frage: „*Was* muß man beachten, wenn man erwachsen werden will?" antwortete Ming: „Daß man gestehen soll, daß was im Busch ist!"

Da lachte ich laut und herzlich, doch die wahre Antwort hätte gelautet:

„Logik: wenn man keine mehr hat, dann ist man erwachsen!"

Im neueröffneten Büro prangte der nagelneue und sehr geschmeidig funktionierende Aldi-Computer auf dem Schreibtisch, und ihn weihte ich nun damit ein, mir die „Lindenstraße" anzuschauen: Der Hansemann hatte sich zu der schmerzhaften Entscheidung durchgerungen, den kleinen Emil nun doch zur Adoption freizugeben.

Man sah bereits, wie er schweren Herzens die kleinen Wäschestückchen für die Reise ohne Wiederkehr zusammenfaltete.

Dieser Anblick schnitt seiner erwachsenen Stieftochter Sarah sehr ins Herz. Sie erbarmte sich, machte glühende Worte drum, daß ein kleines Kind kein Gegenstand sei, den man einfach zurückgeben könne, und gelobte, zu ihm zu ziehen, und ein bißchen aufzupassen und mitzuhelfen.

Doch bald nach diesen so edelmütigen und eindrücklichen Worten passierte der Sarah etwas Peinliches:

Sie simste ihrem Chef: „Laß mich auf deinem Paragraphen reiten!" und schickte diese verderbten Zeilen aus Versehen dem Hansemann!

Ärgerlicherweise kamen die Programmhefte auch heute nicht, und dabei hatte es doch geheißen, die kämen sicher bis 18 Uhr.

Doch zunächst kehrte die junge Familie aus dem Sesam zurück.

Ming setzte das Pröppilein auf die Schaukel im Garten, und das kleine Kind schaute so schön aus, wie es so dasaß: Wie einst der junge Ming.

Ming selber hing seiner Gedankenversunkenheit nach.

Auslosebedingt hatte ich endlich mein Kondolenzschreiben für die Familie Schüt zum traurigen Heimgang ihres Familienoberhauptes fertiggestellt.

Buzens letztem väterlichen Freund, der ihm so viel bedeutet hat! Und nun kann Buz allenfalls selber noch als väterlicher Freund herhalten…

Der tragische Exitus vom alten Fritz liegt ja nun schon einige Wochen zurück. Die anfängliche Tragik hat sich mittlerweile in dankbare Erinnerung verwandelt, und nun liest man in meinem Brief vom „Unfassbaren"!

(„Glaube mir: Es ist fassbar, wenn ein 96-jähriger heimgeholt wird!" berüttelte mich die Stimme der Vernunft in trockenen Worten.)

Doch ich ließ die Passagen, die pure Fassungslosigkeit atmeten, so stehen, und trug den Brief in den Hagebuttenweg.

Vorbei am Hause der Schumachers, so daß man sich ja sehr fragen muß, ob Frau Schumacher überhaupt noch lebt?

*Eine uralte Dame, deren Kurzzeitgedächtnis bereits ein bißchen wackelig geworden ist. Dies merkte ich bei einem Zusammentreffen im Supermarkt. Ich erzählte ausgiebig von meinen Eltern, und als ich fertig war, sagte Frau Schumacher: „Und den Eltern geht's guhut?"

Dann hing ich wieder in der Olli ab, und begrüßte mich mit Simone Best, die mit einem Spezi zu Tische saß. Sie habe Ming mit seinem Kinde gesehen, und machte ein Kompliment, daß Ming es erntetechnisch richtig gemacht habe.

Dann fuhr ich heim, doch kaum zuhause wurde ich wieder zum Brötchenkauf entsandt.

Draußen herrschte ein schöner, lauer Abend, durch den man sehr gerne radelte.

Abends schaute Ming mit Begeisterung Glenn Gould-Videos im Internet, und in uns allen keimte die Sehnsucht auf, daß Ming sich doch endlich mal wieder dem Klaviere widmen möge, statt sich mit irgendwelchen Leuten brieflich zu duellieren?

In Mings Kopf werden beständig Sätze ausgebrütet, die jemanden „zur Umkehr" bewegen sollen.

Pröppilein war am Abend süüüß! Lachte, stieg auf meinen Schoß, schaute wie ich tippe.

Die ganze Familie fuhr zu später Stund noch zum Combi, um sich ein Bier zu kaufen, mit dem man hernach gemütlich abhängen, und die Sorgen beiseite schieben wollte.

Doch ich hob nicht mit, und relativ früh verabschiedete ich mich in meine kleine Uli Hoeneß-Zelle, die mir durch den neuen Computer sehr gut taugt.

Vor dem Fenster ging ein Regenguss nieder, und dann hörte man das Pröppilein laut und barmend plärren.

Der Grund: Vom Schaukeln im Mondschein war dem kleinen Kind schlecht geworden, und nun hatte es sich auf dem Ashramboden zwiefach übergeben, und dabei Julchens schicke Lederjacke, von der der Tone so begeistert war, stark besudelt.

Glück im Unglück: Das schöne Lammfell auf dem die Jacke lag blieb gottlob verschont.

Als ich auf Schülerlandheimsbasis bereits lesend im Bett lag, kam das Julchen nochmals herein, um zu kontrollieren, ob der Computer wohl fachmännisch ausgeschaltet sei?

Dienstag, 8. April

Sehr wirbelig und aprilös.
Immer wieder Huul- und Tröpfchenregene.
Es wurde kalt und ungemütlich

In den frühen Morgenstunden plärrte das Baby in unmittelbarer Nähe meines Ohres laut auf. Doch dann gab´s auch wieder Ruhe.

Ich träumte *vom verwöhnten Sohn des Bürgermeisters, der durch die Führerscheinprüfung gefallen war. Auf einem 60er Jahre Foto sah man ihn mit einem kleinen Bobbycar zur Fahrschule fahren.*

„Damit könnte er doch jetzt immer fahren!" rief ich aus, und erntete herzliches Gelächter.

Da ertönte der Wecker, und ich in meinem allmorgendlichen Aufsattelungszeremoniell funktioniere wie eine Marionette, fühle mich dabei wie eine Arbeitnehmerin, und verlasse bald das Haus.

Draußen war alles naßgeregnet, doch ein warmer Südwind fegte durch die Straßen, und pustete rapide am Wolkenbild herum, so daß unter der naßgesogenen Wolkenschicht auch Mattbläue zu erkennen war.

„Das sieht gut aus!" dachte Buz in mir frohgemut.

Auch das Ottesche Badezimmer war zu dieser frühen Morgenstund bereits freundlich beleuchtet, und statt mir Uli Hoeneß-Geschichten auszudenken, könnte ich mir doch mal detailliert vorstellen, was in diesem Badezimmer jetzt wohl so abginge? suchte ich mich selber mit einer frischen Anregung zu ermuntern, doch das war mir zu langweilig, und ich dachte nämlich fast gar nichts.

Man hätte es kommen sehen können, und auf der Hundekackpromenade wurde ich nun doch von einem Regen beduscht. Der Wind rauschte dazu laut, und mir fiel ein, daß es doch wohl bereits gestern abend vor meinem Einstieg ins Duschhäusl so geregnet hat.

Da wird Petrus jetzt grad für mich mit der Duschorgie innehalten!?

Dann aber beruhigte sich das Wetter auch wieder, wenn ich später auch gänzlich ernässt daheim ankam.

Im Morgengrauen schaute ich mir die Geschichte vom Yorkshire-Ripper, Peter Sutcliffe an.

Einem LKW-Fahrer, der mit seiner etwas stumpf und wesenlos wirkenden Ehefrau Sonia sehr im Glücke zu leben schien.

(„Lässt du uns einen Moment allein, Liebes?")

Und aufmerksam war ich auch – zu aufmerksam fast:

Für die Rosanne pinnte ich einen Zettel an die Tür: „Bitte nicht klingeln! Baby schläft!"

Und Julchens Börsl brachte ich vor potenziellen Diebesfingern in Sicherheit. Eine Tat mit der ich mich später gar gebrüstet habe.

Dann frühstückten wir.

Hi und da erschien die Rosanne im Türrahmen, und ihr als frischgebackenem Bürofräulein erging´s vermutlich so, wie einst Michail Bulgakow am „Tag zwei" in der Arztpraxis:

Schon wieder ein Patient mit Symptomen von denen man noch nie gehört hat!

Dann eilt das Julchen diensteifrig hinweg, und ich sitz´ mit Ming allein – d.h. Pröppilein saß auf Mings Knien, und verblüffte uns: Erst schraubte es einen Deckel fachkundig auf das Marmeladenglas, und dann versuchte es voll Eigeninitiative ein Brot zu bebuttern.

Allerdings mußte es die Butter in Kleinkindlogik immer *sehen,* so daß sie das Brot mit der blanken Messerseite vergebens zu bebuttern suchte.

Pröppilein ißt so gerne Butter.

Ein Thema, das uns sehr zu schaffen machte, war jenes: Die Programmhefte sind nicht geliefert worden, und demgemäß mager fiel auch der Telefonansturm aus, so daß ein Dichter wie Eike Berner vermutlich von einem „lauen Telefon-lüftchen" gesprochen hätte?

Das Julchen rief bei CeWeColor an und erfuhr, daß der Firmenwagen bereits durch Aurich hindurch gefahren war, und man auch mit jemandem von uns gesprochen habe. Bloß daß dieser Jemand gemeint hätte, man bräuche die vielen Prospekte nun doch nicht mehr, und sie mögen so rasch als möglich nach Hofgeismar zurückgekarrt werden.

„Aber das ist doch absurd!" polterte Ming.

Gebannt lauschte ich dem Telefonat, das dieser Polterei nun folgte:

„Wir sind nur zu zweit und warten sehnsuchtsvoll auf die Sendung!" und „Wir haben jemanden angestellt, der den ganzen Tag gewartet hat!"

Der Herr am Ende der Telefonleitung hatte Ming zu 50%, und dem Spediteur auch zu 50% geglaubt, und das Julchen wiederum vermutete, daß man zu faul war, und diese kleine Räuberpistole einfach erfunden hatte, damit Ruhe ist?

Doch weiß man denn, wer neben einem sitzt?

Was hätte ich z.B. gemacht, wenn der Spediteur gesagt hätte: „Wir haben mit einer Frau Franziska König gesprochen!"

Die Blicke hätten sich auf mich gerichtet, durch mich durchgebohrt, und nun hätte man sich überhaupt nicht mehr ausgekannt.

Ich erzählte, wie Dirk und Lübbke plötzlich aus dem Gebüsch gesprungen seien, und den Lastwagen auf ihre friesisch plumpe und gänzlich scharmfreie Art wieder hinweggewimmelt hätten - so wie sie es einst mit spontanen Konzertbesuchern ohne Konzertkarte gemacht hatten, auch wenn noch genügend Plätze frei gewesen waren, und man sehr gerne tief in die Tasche gegriffen hätte.

Ming regte sich sehr darüber auf, und schon wurde wieder eine neue, rasend rotierende CD in seinem Hirn über die andere Ärger-CD drübergespannt, die sich nun schrill dissonierend im Duett in seinem Kopfe drehten.

Ich malte mir aus, *wie sich der Hans-Hermann erbietet, unsere neue Mitarbeiterin zu testen.*
Dann ruft er bei uns an und sagt ganz entgeistert:
„Eure neue Mitarbeiterin ist ja so was an patzig und unverschämt", und erzählt, wie sie gesagt habe: „Komm zu Potte, Opi!" und sich dabei hippelig und ungeduldig gab wie das Beätchen.

Am Vormittag ließ der eingespannte Ming das Pröppilein mal kurz ohne Aufsicht im Wickelzimmer zurück, und tatsächlich hatte das Pröppilein die kurze sturmfreie Zeitspanne für einen Blödsinn genutzt, indem es im Müllkorb nach einem gebrauchten Schnupftuch langte.

An der Fleischtheke im Combi bezwickte mich Beas Ungeduld.
Man möchte sein bißchen Geld und sein bißchen Zeit zusammenhalten, und es bewegt sich nichts.
Neben mir kaufte eine schlanke und attraktive Asiatin ein, und trug ihr Anliegen in zwar angeschlotzt-aufgeweichtem, so jedoch einwandfreiem Deutsch vor.
Und doch fühlte ich stellvertretend für die stolze Asiatin, die ihren Alltag, trotz allem, erhobenen

Hauptes durchschreitet, die unterschwellige Mißbilligung der Mitkäufer auf mir lasten.

Ein ähnliches, wenn auch leicht abgeschwächtes
Gefühl, als würde man des Diebstahls verdächtigt.

*„Ja, wer soll's denn sonst gewesen sein? Der „große
Unbekannte" oder wie??"*

Bloß, daß man in ähnlich hohnverdrehtem Tonfall
nun denkt: *„Was will die denn hier? Uns die besten Fleisch-
happen wegschnappen, oder wie?"*

Hühnchenbrustgeschnetzeltes zappelte nun in meinem Plastikbeutel, und daheim kochte ich, ohne auf
die Uhr zu schauen, und ließ mich somit einfach so
durch's Kochgeschehen treiben.

Doch als das Essen dampfend auf dem Tische stand,
da war gar niemand zuhause, und wenig später, als
dann doch alle beieinandersaßen rekonstruierte man
verdrossen, daß unser Heim wohl, ohne daß wir dies
bemerkt hatten, eine Weile lang unbeaufsichtigt
gewesen sein dürfte.

Die potenzielle Ärgerlichkeit, die Lieferung könne
nun ausgerechnet dann – eben nicht - geliefert
worden sein, als ohnehin niemand daheim war,
krallte sich in Mings gedankenzermartertes Gehirn,
und quetschte die Schalter mit der Aufschrift
„Frohsinn" und „Humor" einfach ab, so daß diese
Ausdruckszweige auf Mings Antlitz vorläufig
erloschen.

Das Essen mundete sehr, ging allerdings in dieser Ärgerlichkeit unter.

Ming telefonierte mit der Spedition Kunze aus Leipzig, um denen ordentlich den Marsch zu blasen, so daß ich das Fädchen der Küchenarbeit aus der Hand gleiten ließ, weil ich unbedingt hören wollte, wie Ming denen den Marsch bläst.

Ming war auch sehr erbost, als er sich über einen Herrn namens „Mann" Luft machen mußte, der zu Mings Erbosungsworten einfach den Hörer aufgeklatscht habe!

Auf der Bank am Eßtisch liegt derzeit ein Zeitungsblatt mit der Meldung, daß Veronica Ferres nun bald ihren Maschmeyer heiratet.

Geschieden seise auch, und ich frug mich, warum so überreife Frauen unbedingt nochmals heiraten wollen?

Sich dem drohenden Verwelken zu entziehen trachtend, klammern sie sich an einen aus einem gestärkten Hemdkragen stolz in die Höhe ragenden Herrenhals.

„Ich weiß auch wen!" hatte sie sich im Fernsehen geistvoll gegeben – Gelächter, Gelächter - doch erst gestern hatte ich darüber nachgedacht, daß dem Maschmeyer selber Zweifel gekommen seien könnten: *„Könnt ich mit meinen Milliönchen nicht auch noch eine knusprige 17-jährige abbekommen?"*

Mittags spielte ich mein Paganini-Konzert (1.Satz), doch durch den einkollofonierten Bogen klangen die Springbogenstellen alles andere als begeisternd, und ausgerechnet jetzt mußte der Opa Willi zu Besuch kommen, und wurde gleich mit einem mißglückten Springbogen Bocksprung empfangen?

Er kochte Tee, und ich malte mir aus, *wie das wohl wäre, wenn wir uns plötzlich ineinander verliebten?*

Plötzlich springt der Funken der Liebe über, man steht in hellen Flammen da, und ist machtlos.

Das Kalenderblatt mußte umgewendet werden.

Ein kleines Detail, das dem Opa sofort aufgefallen war, da er im Gegensatz zum Opa Wolli immer sehr aufmerksam ist, und wie ein Luchs durchs Leben zu schreiten pflegt.

Wenig später fiel ihm dann auch noch die Weihnachtstischdecke als befremdlich, und der Jahreszeit nicht angemessen, auf.

„Kann man da nicht etwas freundlicheres auflegen?" regte der Willi an, und wollte für das „Russisch Brot", das man ihm zum Tee anbot, ein Schälchen haben.

Das Pröppilein hatte zunächst so verschmitzt gelacht. Doch nun wandte sich das Blatt: Es plärrte laut & barmend, und so smart es auch sein mag: Von Rücksichtsnahme, oder auch den Nerven anderer, scheint es noch nie etwas gehört zu haben.

Das Julchen machte sich Luft:

Sooo ginge es nicht, und es sei schlecht, daß wir das Ashram weiterhin als Büro nutzen.

Ming wurde abgemahnt, weil er so aufgebracht herumtelefoniert hatte.

„Das ist doch nicht wichtig. Wichtig ist unser Baby!" psychologisierte das Julchen Mings erbostem Telefonat mit der Firma Kunze hinterher.

Diese Worte gefielen mir vom Inhaltlichen, und doch fühlte ich mich stellvertretend für Ming zu Unrecht ausgebuht.

Ming und ich versuchten uns an der Mendelssohn-Sonate, doch Ming hatte eine andere, etwas ausufernde Ausgabe, während die Meinige von Meisterhand etwas gestrafft worden war, indem man scheinbare Überflüssigkeiten erbarmungslos gestrichen hatte.

An einer Stelle rief Ming mir belehrend zu, daß dies doch eine Begleitung sei, und dies, wo ich mir so viel dabei gedacht hatte, und die Stellen harmonisch so schön eingewürzt hab, wie ich fand.

„Aber du spielst so, als sei es eine Hauptstimme!" sagte Ming etwas versöhnlicher, und dennoch beharrend.

Einmal prasselte ein richtiger Starkregen nieder, während es mich doch zur Tante Olli zog. Schon ist´s zur unheilvollen Sucht geworden, Mittags das Haus zu verlassen und zur Gänze zu entschwinden.

In unserem Garten zeigte sich ein prachtvoller Regenbogen.

Der Himmel schien blankgewaschen, so jedoch noch nicht abgetrocknet, und darunter radelte ich nun zur Tante Olli, und fühlte mich währenddessen so unschlüssig, wie es wohl mit mir weitergehen solle? Grebenstein oder Aurich?

In der BILD las man über das „Aus" von „Wetten dass…" das mit ähnlicher Intensität bearbeitet wurde wie die Krim-Krise, und ich las es interessiert, auch wenn ich doch sonst immer denke, es müsste sich endlich mal etwas bewegen! Man las, daß Markus Lanz einfach kein Entertainer sei.

„Das muß man sein, und kann es nicht lernen!" wußte die BILD-Zeitung, und ich wünschte, derartiges würde bald auch mal über Strahlemann Kirsche geschrieben, der doch wohl auch kein großer Entertainer ist?

Eine bildhübsche 25-jährige Rocksängertochter starb, und hinterlässt zwei ganz kleine Söhne – der Jüngere noch ein kleines Baby - und einen 22-jährigen Ehemann, der ja praktisch noch ein Bub, also eher ein Ehebub ist.

Ein rätselhafter, jäher Tod!

Einmal unterhielt ich mich mit dem „rosa Riesen" (Simone Best), und erfuhr, daß sie es sich zur Gewohnheit gemacht habe, nach Feierabend hierher zu kommen, um einen Hefetee zu zwitschern. Und während sie dies erzählte – bzw. mich damit anjodelte - machte ich mir Gedanken, wie das wohl sei, wenn Simone Best mal auf´s Klo geht: - *„Halloooh! Da drüben sind die Herren!" ruft das Schankfräulein mahnend und fährt den Zeigefinger richtungsweisend in eine völlig andere Richtung aus,* und dabei war die Operation auf die man so draufhingespart hatte, doch so unerhört teuer!

Ich radelte wieder heim und versuchte, das Feuer des Fleißes nicht ausgehen zu lassen, und alle sinnvollen Tätigkeiten nahtlos aneinanderzuschmiegen. Doch als ich da saß und dichtete, rief Ming schon wieder: „Wir haben kein Brooot mehr!"
Ich stöhnte und und radelte los, obwohl draußen schon wieder ein Gegraupel drohte.

Ausgerechnet durch das schwarze Klavier schaut das Musikzimmer nun aus, als sei´s *zu* vollgerumpelt. Es schaute aus wie in der Wohnung eines Jemanden, der bereits eine Spur zu lang gelebt hat.

Zu gesetzter Stund, als ich in den Läufen der Sauret-Kadenz stak, bedeutete mir Ming, wenn auch mit warmen Worten, mit diesem Unfug nun eine Weile innezuhalten, da das Pröppilein nun schlafe – doch Pustekuchen!

Ich versuchte, den Abend mit meinem Karokaffee in meiner Uli Hoeneß-Zelle angemessen ausklingen zu lassen. Niemand hatte geschrieben, bloß im Spamteil befand sich ein Brief der stinkfaulen Diakonisse Sabine R., die keine Möglichkeit sah, ein gesponsertes Konzert für mich in Angriff zu nehmen, obwohl sie doch so scharf auf die Weihnachtskrippe ist, die man sich mit jenem Geld, das sich mit meinem Violinspiel einfahren ließe, kaufen wolle!

„Sabine!" so könnte ich beschwörend und sanfttadelnd schreiben, „jetzt bleibense doch mal auf dem Pfade! Ich denke, Sie wollen unbedingt ihre Krippe haben?"

Mittwoch, 9. April

Zunächst schön,
doch dann wurde es regnerisch und knöterig

Das Wetter draußen schien geläutert: Der Himmel abgewaschen und strahlend schön, so daß man im Wäldchen an jenem Hause, wo die Sonne zuweilen aus dem Schornstein zu quellen scheint, den Sonnenaufgang bewundern konnte.

Das Haus muß sich ja privilegiert fühlen, denn aus seinem Schornstein quillt allmorgendlich die Sonn´, freute ich mich unglaublich für die Bewohner dieses Hauses, die das allerdings vielleicht gar nicht sehen, da die ja meist *im* Hause sind?

Daheim hatte ich dann nicht so viel Freizeit wie sonst, denn schon bald saß das Julchen mit dem Pröppilein zu Tisch.

Das Pröppilein ißt mittlerweile höchst possierlich mit dem gebogenen Kinderlöffel, doch *ob ich das wirklich richtig gewürdigt, oder doch eher beiläufig zur Kenntnis genommen habe?* Dies dachte ich, während ich mich weiter durch das unübersichtlich werdende Geschirrchaos in der Küche wühlte.

Drum lief ich schnell in die Wohnstube zurück, und summte schnell noch ein paar Sätze zusammen: Daß dies nun wirklich ganz erstaunlich sei in diesem Alter… ich fürchte allerdings, es hat womöglich gewirkt wie die Worte eines Asperger-Benagten, der Interesse und Anteilnahme nur vorheuchelt, damit er seine Ruhe hat?

Das Julchen bat mich, ein Auge auf das Pröppilein zu halten, während sie sich aus ihrem Nachtgewand zu schälen gedachte. Ich holte die Schachtel mit den Bildungskärtchen herbei, und zeigte auf das altmodische Telefon mit Wählscheibe und Spiral-kabel, das dem Pröppilein als modernem Menschen in dieser Form doch wohl gänzlich unbekannt sein dürfte?

„Te-le-fooon!" erklärte ich, und „his-tooo-risch!" und dann spielten wir ein Telefonat mit Omi. Ich durfte die Omi spielen, und das Pröppilein erzählte der Omi begeistert aus seinem Leben.

Später ordnete das Pröppilein die Holzpuzzeltierchen, und agierte bei dieser Arbeit sehr konzentriert und planvoll, während Ming und ich es beobachteten.
Man reist meilenweit, um Tiere im Zoo zu betrachten, und dabei könnte man das Pröppilein beim konzentrierten Spielen doch mit ebensolchem Gusto genießen. Aber nein. Kleinkinder sind lästig, und außerdem schien ich wieder auf meinem Lebenspfade angepappt.
Schließlich frühstückte ich mit Ming, und nutzte die gestrige Kokosmilch als Butter für mein Brot.
„Die ist aber sehr fettig!" sagte der mahnende Ming.
Ming wollte wissen, was der Onkel Hambum in Grebenstein so mache? Der Onkel habe sehr viele Freunde im Umkreis – so viele, daß man von der Entscheidungspein gequält wird, welcher wohl zuerst zu besuchen sei? Er fährt sehr gerne auf den hohen Dörnberg, auf den Markt oder ins Theater, und am Vormittag ärgert er sich über seinen Stick, („Verbindung fehlgeschlagen") und krispelt mißgestimmt an seinem Smartphon herum.

Und zu dieser zunächst noch groben Schilderung, die ich gerne etwas detailverfeinert hätte, klingelte es an der Türe.

Sollte man am Ziel seiner Wünsche angelangt sein? Die Programmhefte?

Doch draußen standen zwei alte Leute. Ein Herr und eine Dame. Beiden drückte man die Hand, auch wenn es vielleicht leicht befremdlich ist? Man kommt als Kunde, will Karten kaufen, und bekommt die Hand gedrückt?

„Danke. Mein Bedarf an Bekannten ist vollkommen ausgelastet!" möchte der gegen seinen Willen Handbeschüttelte da doch wohl zumindest kurz denken?

Der Herr war etwas lebhafter als seine ölgötzelige Frau, die man schon zehn Minuten später auf der Straße wohl kaum wiedererkannt hätte, und beschwärmte Anton Steck, einen Virtuosen auf der Barockgeige, dessen Konzert im Sommer man nun freudig entgegenfieberte.

Mittags wetzte ich wieder zu Bio Baier um Gemüseteile einzukaufen, während der emsige Ming bereits den Lachs briet, den das Julchen aus Neuharlingersiel mitgebracht hatte.

Julchen und Pröppilein lagen zu einem Mittags-schlummer auf der Scheselong im Garten, und das Julchen zeigte sich nach einer Weile wieder im wahren Leben, während Pröppi fest schlief. Das kleine Kinderhaupt hatte man mit dem von Omi Birgit genähten Schwein „Eberhard" gepuffert.

Das Pröppilein war erwacht, und strahlte mich als Geigende über ihr ganzes, großes liebes Sonnengesicht an. Mir kam´s vor, als sei die Kleine im Schlaf noch weiter gewachsen, und der Kopf strahlte noch weiter.
Ich übte den letzten Satz vom Mendelssohn-Konzert, und dann wollte ich auslosebedingt eine Mail an Herrn Teicke schreiben, doch man pfiff mich wieder zurück. Ich solle weiter Geige spielen, weil das Pröppilein sonst denkt, ich würde Kikaninchen schauen, und für heute, so befand man, habe das Pröppilein genug ferngeschaut.

Ich begrüßte unsere Nachbarin Rosi.
Knapp 9 ½ Jahre nach dem Exitus von ihrem Sohn Olaf geht's der Rosi „gut". Sie legte ihre Gartenfäustlinge auf die Hecke, und strömte Plauderschwung aus, während ich wiederum wie fast alle Erwachsenen in Eile stak oder zu stecken glaubte.

Ming suchte den Locher, und alles was man so sucht, findet sich nicht. Um den verdrossen Herumsuchenden etwas aufzuheitern, griff ich nach dem muhenden Quader, einer würfelförmigen Vorrichtung mit lauter Kühen drauf. Bewegt man ihn, so muht er röhrend.

Doch für Vergnügungen dieser Art hat der Erwachsene leider keine Zeit mehr. Hallo?

Ich radelte zu Herrn Friese in die Kfz-Werkstatt. Rücksichtsvoll wartete ich ab bis er zuende telefoniert hatte, und jetzt wär es so nett gewesen, wenn dies ein Freundschaftsbesuch gewesen wäre.

(„Ja, wenn Sie sich so rar machen?")

Die von Ming ausgetüftelte Rechnung ohne Wirt ging leider nicht auf:

Ihm die Reifen mit Felgen zu überlassen, und dafür eine funkelnagelneue Batterie zu bekommen, mit der mein Auto niemals wieder einfach verröchelt?

Nein, dies ginge leider nicht.

Die Batterie kostet – eine bedeutungsschwangere Stille lastete kurz im Raum – (zuvor hatte er etwas von 2100 gesagt, doch das bezog sich wohl nur auf die Bestellnummer?) – (und trotzdem saugte ich diese Unsumme schnell in mein Hirnkastel ein, um mir vorzustellen, ein finanzieller Aderlass dieser Größe warte auf mich, so daß ich die Auflösung umso besser genießen könne) - 146 €!

Herr Friese stieß diese Summe mit einem anteilnehmenden Seufzer aus, der besagen sollte, daß das Leben leider kein Honigschlecken sei.

Nun lag´s an mir, zu überlegen, ob man eine Bestellung aufgeben solle, oder ob man auf Willis Aufladegerät vertraut?

Mit dieser Entscheidungslast, die sich wie ein kleiner Kuhfladen auf die andere Entscheidungslast drauflegte (Aurich oder Grebenstein?) fuhr ich jetzt erstmal zu Edeka, und kaufte mir allerlei pinken Unfug zusammen: Pinkes Hubbabubba und ein frisch erfundenes Erdbeer-Käsekuchen-Eishorn sowie zwei Milka-Tafeln.

An der Kasse saß eine Dame mit Windfrisur. Sie schaute zu mir her, als ich den Mund grade in Gegähne aufgerissen hielt. Verschämt schlug ich mir mit der Hand auf den Mund, und für einen kurzen Moment waren wir Damen dicke Freundinnen.

„Da ist aber jemand müd!" sagte sie beim Zahlungsvorgang. „Aber mir geht es genauso!"

Nebenan im Kiosk, wo ich mir ein Journal kaufte, roch es so ekelhaft nach kaltem Tabak.

Ich mußte sehr lange warten, da die Schlange lang war.

„Der junge Mann war zuerst!" hörte man einen Mitkäufer, dem man sich diensteifrig zugewandt hatte, salopp über einen anderen Herrn sagen, und dies fand ich so redlich und anständig.

Die BILD-Zeitung kostet z.Zt. 70 Cent. Dies schreib ich für´s Yaralein nach meinem Ableben, denn dann lachtse vielleicht, daß die Bild-Zeitung mal läppische 70 Cent gekostet hat.

Wir lachen ja auch: Heut vor 50 Jahren, am 9.4.1964 kaufte die Omi in Kassel HBF die BILD noch für zehn Pfennje, und bekam dafür eine deutlich interessantere Überschrift geboten:

„Entmenschte Mutter brät Kind in der Bratenpfanne".

Doch in der Zwischenzeit haben sich die Gesetze geändert, und die Schlagzeilen wurden ausgedünnt und ihrer Brisanz beraubt. Man schaut auf riesenhafte Schlagzeilen und denkt: „Und? Was hat dies mit mir zu tun?"

Heut betitelte man das Blatt bloß mit etwas völlig Uninteressantem darüber, daß man sein Händi künftig in nur 30 Sekunden aufladen könne, da jemand eine diesbezüglich bahnbrechende Erfindung gemacht habe.

Abends nieselte es leicht.

Jeden Tag heißt das von Ming propagierte preisgünstige Klopapier.

Das Klopapier legte ich daheim bloß ab, um sodann die Hundekackpromenade abzuradeln, um meine Freundin Maria zu besuchen.

Es war noch hell, und dadurch, daß sich meine Hände eiskalt anfühlten, verfrühte ich mich leicht. Die Maria öffnete, und es hieß, man habe einen Spontanbesuch bekommen: Den Bernhard! Am liebsten wäre ich rückwärts wieder hinweggeblubbert.

"Ich hasse den Bernhard!" hätte ich als Begründung sagen können. Doch ich bin froh, es nicht gemacht zu haben, da die Maria nämlich extra mir zu Ehren so lang gekocht hat, und der Bernhard doch bloß spontan vorbeigeschaut habe. Jetzt saß er eben da. Ich begrüßte ihn mit einem Händedruck, und dem Erhärdchen wiederum ließ ich eine Umarmung angedeihen, da er sich soo schön umarmt.

Ich erfuhr, daß der Bernhard nicht mitessen würde, weil er sich heute Mittag ganz komisch gefühlt habe.

„Muß man damit rechnen, sich angesteckt zu haben?" frug man besorgt.

„Da muß man durch!" antwortete er leicht unpassend auf die Frage.

Die verschiedenen Speisen mundeten einfach sagenhaft, und als der Bernhard sich erhob um sich zu empfehlen, gab's dann auch noch einen köstlichen Kuchen, den der gesundheitlich Bepickte ebenfalls abgelehnt hat.

„Alles klar, Chef?" sagte er stattdessen kumpelig zum hornbebrillten Peter, dem heranwachsenden Sohn des Hauses, und wenig später gab der Peter seinem Papi einen selbstvergessenen langen Kuß. Dann plapperte der Bernhard in seiner Hinweg-walzpose seiner Art gemäß noch allerhand zusammen, zu dem man nicht wüsste, was dazu zu sagen wäre?

Der Bernhard würde gerne einmal pro Woche in ein gutes Restaurant gehen. Allerdings erst <u>nach</u> halb drei am Nachmittag. Das „Mekong" in der Markthalle in welchem köstliche asiatische Speisen angeboten würden, wimmelte er ab. Nein. Da säße man zu öffentlich, und dies wolle er nicht.

Die Musik wurde in diesen Gesprächen wie in stiller Übereinkunft ausgespart, und als der Bernhard sich empfohlen hatte, wirbelte die Maria eine interessante Frage auf: „Was hat er gegen Frau Mönrich?" da der Bernhard gegen Frau Mönrich, eine brave Lehrersgattin, oftmals so zu wettern pflegt, wie der Otto gegen den Heino, und man seinen Ohren nicht trauen will, was da wohl für kränkende Worte fallen?

Kränkende entblößende Worte, die man doch wirklich mit einer Freundlich- oder Höflichkeits-panade hätte versehen können.

„Wahrscheinlich findet er sie furchtbar unsexy –„ wagte man einen bernhardskonformen Erklärungs-versuch.

Endlich waren wir unter uns. Es gab Sekt mit Amaretto.

Ich erfuhr, daß das Peterle einst ein furchtbares Schreibaby gewesen sei. Ferner erzählte man von einem Nachbarn, der schon tot war, als die Maria es nochmals mit der Mund-zu-Mund-Beatmung versuchte. (Vergebens!)

Der Erhard referierte über Marias „Hausfreund Matthias", der ganz furchtbar sei:

Auf der fröhlichen Geburtstagsfeier neulich, für die man doch sogar ein Kompliment bekommen habe, daß kein einziger blöder oder gar überflüssiger Gast dabeigewesen sei, stach er als Fremdkörper sogar direkt heraus! – (Also war ja doch zumindest *ein* blöder oder gar überflüssiger Gast dabei, dachte wiederum ich.)

Dauernd macht er mit denen Urlaub, da ihm Hausherrin Maria ganz einfach über den Kopf ihres Gatten hinweg mit dem Vermerk „Hausfreund" bestempelt hat.

Der Erhard nuschelte diese Empörika so vor sich hin, und ich horchte auf, denn lässt all dies nicht an einen gewissen Jemand denken?

(Buz mit seinen Spezis)

Donnerstag, 10. April

Aufgemildert. Allerdings mit ziehenden Wolken

Heute wurde Heiner Lauterbach 61 Jahre alt.

An ihn muß man gelegentlich denken:

Wie er nämlich „das Steuer herumriss", und sich von einem erbärmlichen Säufer zum Familienoberhaupt einer total glücklichen Familie in der gehobenen Schicht wandelte: Morgens muß er die Früchte für das Gesundheitsmüsli zurechtschnippeln, das Konto auf der Bank ist immer am überquellen, und im

Urlaub reist man nach Maurizius, und wird somit briefmarkenklein.

Weniger Löbliches gibt es von mir zu berichten: Ich leide schrecklich darunter, nichts zu verdienen, und hinzu quillt Rainers Erbmasse in mir auf, indem es mich schmerzt, daß ich nun eine teure neue Autobatterie kaufen soll´!

Doch erstmal joggte ich, und dann fühlte ich mich am Computer sehr müd.

Zu meinem Morgenkaffee wühlte ich nach ansprechenden Fernsehreportagen, und blieb beim Report „Ehe ohne Liebe" hängen.

„Wenn die Eltern zur Heirat drängen".

Junge Türkinnen kamen zu Wort, und ein kleiner Pimpf wurde von seinem Papi sehr geliebt. Er wurde von ihm auf den Arm genommen, und voll Familienehrgefühl multipel geküsst.

Der Knirps hatte im Kindergarten ein Bild für seinen Papi gemalt.

„Und die Mama? Kriegt die kein Bild?" frug das freundliche Kindergartenfräulein.

„Öö!"

Die Eltern des Kleinen hatten sich frei von Liebe verehelicht und fortgepflanzt, und die leise Frauenverachtung eines Islamisten zeigte sich schon jetzt bei dem 3-jährigen Wammerl.

Ich spülte, deckte den Tisch, und dann saß ich zuweilen mit Ming beim Frühstück und unterhielt ihn, während das fleißige Julchen schon wieder arbeitete.

Das Telefon tönte so selten auf, daß einem direkt bange werden konnte. Doch wenn es denn aufschrillte, so dauerte es nicht lang, und die Rosanne erschien mit einem verunsicherten Blick im Türrahmen, und frug nach Hausherrin Julchen!

Ich erzählte Ming so allerlei:

Wie Beätchen und Jesse einen Gutschein für ein Abendessen im Nobellokal geschenkt bekamen. Gestiftet von den beiden Stiefsöhnen. Doch wie es Amerikanerart ist, steht auf dem Gutschein: „Für Getränke möge man selber aufkommen", so daß Beätchen und Jesse in einer Mischung aus US- und Schwabenlogik vorher ganz viel trinken.

Ming wollte wissen, was der eine Stiefsohn Arthur wohl für ein Mensch sei?

Er sei mir gar nicht so aufgefallen, bedauerte ich, und auch wenn er mein Stiefcousin ist, so habe ich in diesem Leben lediglich zwei Umarmungen mit ihm ausgetauscht: Eine Willkommens- und eine – wohl finale? - Verabschiedungsumarmung, und dazwischen habe ich kein Wort mit ihm gesprochen.

Aus einem winzigen Eck Augenwinkel hatte ich ihn aber letztendlich doch wahrgenommen und beobachtet:

Ebenso wie der kleine Charles interessierte er sich sehr für's Stricken.

Der leicht weibisch wirkende Arthur setzte sich hin und strickte mit Hingabe an einem noch formlosen Kleidungsstücksbeginn herum, und der kleine Charles schaute gebannt zu.

Arthur steht kurz vor einer Eheschließung mit dem bleich-teigigen Kenni, der sehr gut Deutsch spricht. Lustvoll machte ich Ming vor, wie er auf deutsch sprach.

Hernach berichtete ich von Marias Hausfreund Matthias, der sich schnorrend in die Familie hineingenistet hat, und Ming fand diese Geschichte sehr interessant, so daß er sie am liebsten gleich dem Julchen weitererzählt hätte.

„Diese Geschichte ist wirklich interessant!" sagte er gar verheißungsvoll.

Doch wie immer zwickte die Zeit, und später hatte man das Erzählgarn, das man bezupfen wollte, verlegt oder gar vergessen.

Versickert am Wegesrand des Lebenspfades.

Oftmals naschte ich die frischerfundene Milka-Chuc-Gebäck-Chocolade, die so köstlich ist, daß der Schokoladenfreund toll dabei werden könnte.

„Vor 10 Jahren war ich deutlich fülliger als jetzt!" erzählte ich anhand des Fotos, das mich als vollschlanke 41-jährige in der Kirche von Boltenhagen zeigt, und war froh, daß mir beigepflichtet wurde.

Das Julchen studierte im H&M Magazin die Kindermode. Auf einem Leiberl sieht man hintendrauf eine halbe Giraffe, deren langer Hals sich über die Hinteransicht hinweg nach Vorne schmiegt, und dem Kleinkind auf naschhafteste Weise einfach aus der Tasche nascht.

Eine köstliche Idee!

Das Pröppilein wurde vom Opa zu einem Ausflug mit dem Fahrrad abgeholt, und wirkte stolz und unnahbar wie eine Königin bei der Krönung, als ihr der Helm überstülpt wurde.

„Foooto!" rief man aus, doch der Opa mit dem Radl hatte sich bereits von der Terrasse zur Straße hinwegbewegt.

Nun sah ich dem vormittäglichen Unterricht von Frau Linke entgegen. Ich machte mir Gedanken, und hätte so gern Mings pädagogisches Wissen angezapft, doch der Umtriebige hing schon wieder am Telefontropf, so daß ich somit für mich selber ein pädagogisches Konzept zusammenzurühren suchte.

„Frau Linke. Wir müssen Fraktur reden! Sie müssen sich jetzt dringlichst etwas verbessern im Bratschenspiel, denn auf einer Skala von 1-10 müsste man ihre diesbezüglichen Qualitäten unter 1 ansiedeln! Sie sollten sich jetzt vornehmen, die beste Bratscherin der Welt zu werden, dann werden Sie wenigstens mittelmäßig!"

Und während ich mir Worte dieser Art zurechtlegte, rief der süße Buz an, der für den 17. April um zehn Uhr morgens einen wichtigen Gesprächstermin bei einem ebenso wichtigen Herrn in Friedeburg ergattert hat. Buz hätte gern mit Ming gesprochen, und stellvertretend für Buz fühlt es sich immer an, als wollten Ming und Julchen sich verleugnen lassen, weil sie einfach keine Zeit für ihn haben.

Doch tatsächlich war Ming in der Stadt, um Programmprospekte auszulegen.

Ich aber hatte wie immer ein Ohr für Buzen.

Buz wurde sehr vergnügt, weil er so viele Erkenntnisse gesammelt hat, und nun besser Geige spiele denn je!

Ich schaltete blitzschnell: Dann könne doch *er* mit der Magdalena bei Frau Weckwerth spielen, da Ming doch so wenig Zeit habe!

Doch für die Magdalena wäre Buz die Bezahlung zu mager, zumal der Weg von Wien nach Lübke-Koog unermesslich weit ist.

Buz machte sich allerdings gleich Gedanken: Vielleicht hätte seine Schwiegerschülerin, das Jennylein vom Wembo Zeit & Lust? Oder der Kirschneroth? Hahaha! Ein Gedanke, der sich in meinem Kopf einnistete, so daß ich den später etwas ausbadete. Ich schreibe ihm:

…einem Landstrich, den man musikalisch bereichern könnte…. und nachdem ich Dich bei Youtube so betörend Rachmaninoff interpretieren hab hören, könntest Du der Richtige für dies Vorhaben sein, GUTE Musik auf das flache Land zu bringen?!

Fast wäre Frau Linke nicht gekommen, so daß ich Angst bekam, die 50€, die man doch so gut hätte brauchen können, könnten mir erneut entbröseln!

Dann kamse aber doch.

Wir hielten den Unterricht vor dem Fernseher ab – den Ohren von Ming & Julchen, die hi und da durchs Zimmer huschten, erbarmungslos preisgegeben.

Manchmal irrte sich Frau Linke in der Saite, oder sie griff anderswo hin, als dort wo sie den Bogen führte, so daß es ganz abwegig klang.

Ming später: „Das klang ja wie die Beethoven-Probe bei Loriot!"

Julchen war ganz lieb zu Frau Linke.

„Ich verlange Ihrer Schwägerin Nerven ab!" sagte Frau Linke nicht untreffend, und doch so, daß man beschwichtigende liebe Worte anfügen möchte.

Ich erzählte Ming vom kleinen Marius, und erzählte diese Geschichte wirklich von der Wurzel an, denn bei Ming hat man, anders als bei der Tante Bea, stets das freudige Gefühl, er höre einem gerne zu und bedaure es, nicht mehr Zeit erübrigen zu können, um dieser interessanten Geschichte sein ganzes Ohr zu leihen!

Dadurch, daß Buz ja im Anmarsch ist, fühlte ich mich in meinem Bestreben, eine Weile lang in

Grebenstein unterzutauchen, beflügelt – denn fast den ganzen Tag brachte ich kein Bein auf die Erde.

„0 Emails!" mußte man beständig fassungslos konstatieren.

Ming werkelte an einem Flug für Buzen herum – es sei teuer und mühsam – und einmal habe Buz am Telefon fünfmal das Gleiche gesagt. Ming verdrehte die Augen. „Uta* hoch 3!" ließ er wissen, und immer wenn Ming „tschüss" sagte, sagte wiederum Buz: „Dann sieh´ mal zu, Wanstel-Panstel, daß man am 17. einen Flug bekommt – oder vielleicht auch am 16ten??" Da der süße Buz immer offen für neue Ideen und Anregungen scheint.

Beständig warten Aufgaben auf Ming.

Jetzt z.B. jene, meine Autobatterie auszubasteln. Ming tat´s, und ich fuhr die Alt-Batterie wie auf Eiern in Mings Auto zu Herrn Friese. Herr Friese war allerdings nicht da, so daß ich meinen sauer zusammengesparten 200€-Schein vorläufig behalten konnte.

*Buzens jüngst verstorbene große Schwester, die immer alles zehnmal sagte

Hi und da passte ich auf das schlafende Pröppilein auf, indem ich mich aufs Bett setzte, und auf den kleinen Lockenkopf draufschaute.

Dann verließ ich mit 75 Programmheften das Haus, und verteilte die in Apotheken und Buchläden –

überall dort, wo die gehobene Schicht der Bevölkerung ein- und ausgeht.

In der Bibliothek sagte der „Seehund" (Ein Herr, der wie ein Seehund ausschaut): "Obwohl wir demnächst wahrscheinlich eine ganze Postladung bekommen!"

Im „Lesezeichen" sagte die Dame: „Ham wir schon! Ach nein! Wir hatten nur ja nur drei. Sehr gerne!"

Und auch wenn die „Börse" geschlossen hatte, so war ich alle losgeworden, und fühlte mich nun ein wenig so, wie einst Hans im Glück.

Hernach entspannte ich mich wie alle Tage in der Olli, fühlte allerdings Reise- oder auch Anwurzelungsfieber vor morgen.

In der BILD las man über einen grausamen Satanisten-Mord, der sich allerdings wohl schon vor einem Jahr ereignet hat, da nun nämlich der Prozess in Tübingen angehoben hat.

Der sadistisch veranlagte 16-jährige Jan D. reiste zusammen mit seinem 22-jährigen Freund nach Prag. Dort wunken sie ein Taxi herbei, und ließen sich vom Taxifahrer zu einem Friedhof am Rande der Stadt bringen, und dort schlachteten sie den armen Taxifahrer wie in einem Horrorfilm einfach bestialisch ab!

Dann fuhr ich wieder heim.

Kopfschmerzen!

Mein letzter Abend daheim sickerte nun bildlich gesprochen in den Tagesausklangstrichter hinein.

Wir sprachen über den Opa Gerhard, der einst zum
Utelchen zu sagen pflegte: „Du kleines Dööfchen!"
Und diese leicht despektierlichen Worte sang er gar
auf jene Klaviermelodien, die das Utelchen zu üben
pflegte.
Der süßeste Ming ist immer so ergriffen zu sehen,
wie viele Leute bereits Karten bestellt haben.

Freitag, 11. April

Gemildertes Grau, durch das die Sonne stach

Auch heute morgen saß ich mit dem Pröppilein vor
dem Bildschirm. Das A-seitelig gestimmte Rehlein
hatte so sagenhaft nett geschrieben. Und mit Yaras
Fingerlein tippte ich „YARA" auf das Blatt und
erwog auch noch, es der Tante Bea zu schicken.
„„Tante Bea auch Namen sreiben!" ruft die Kleine die ganze
Zeit!" könnte man schreiben und sich damit brüsten,
wie weit die Kleine für ihr Alter doch bereits ist.
Gestern rief das Pröppilein einmal „Ming-Ming!"
Jetzt sagte es fragend: „Mama?" und es klang so
verbindend und auf Augenhöhe.
Vor der Küste Floridas gäbe es unzählige Inseln,
erzählte ich: So als sei ein Stück Brot ins Meer
gebröselt worden, - z.T. nur so groß wie die Graf-

Enno-Straße, und ob es da wohl auch eine Insel namens „Yara" gäbe?

Beim Frühstück machten Ming und Julchen sich ein bißchen Luft über Buz.

Buz sagt Dinge wie: „Der Dimka hat sich jetzt mit der Doreen verabredet." (Wenn doch alles bereits gedruckt ist) Oder: „Das wird die Welt nicht kosten!" (Über eine unsinnige Ausgabe, die man sich lieber sparen würde.)

Ming erzählte, daß Rehlein aus Not zur Managerin wurde, das Julchen hindess aus Berufung, und währenddessen lief das Julchen durch den Raum und meinte, daß die Rosanne das sehr gut mache, und dabei hätte es doch auch so kommen können wie einst in den siebziger Jahren mit der Renette, einem 15-jährigen Fräulein, das von seinen Eltern als Magd an uns vermietet wurde:

Doch die Renette stand immer nur im Wege, und schien vom Haushaltlichen wenig Ahnung zu haben?

„Das müssen *Sie* wissen!" sagte sie oft, wenn Rehlein ihr eine kleine Haushaltshürdelei aufzubürden suchte.

Rehlein frug: „Fräulein Renette, würden Sie die Badewanne putzen?"

„Wie??"

„Die Wanne!"

„Ach sou. Das müssen *Sie* wissen…."

111

Einmal kam die grippekranke Frau Münch zu Besuch, und hernach wurde ich von Ming getadelt, daß ich viel zu nah an die Erkrankte hinangetreten sei, und es spritze doch, wenn jemand rede!

Ich fand, daß Ming übertrieb, doch in Einem hatte er Recht: Das Letzte, was man z.Zt. brauchen könne, sei „die Grippe!" Und so gab´s zum Abschied weder Küsse noch Umarmungen, die ein gesundheitlich gemarterter einsamer Mensch doch wohl so bitter nötig gehabt hätte.

„Da schauense doof aus der Wäsche!" hatte Landschaftsdirektor Bärenfänger vermutlich dem Sinne nach gedacht, als er uns das Festival wurstesgleich vor der Nase hinweggeschnappt hat, doch jetzt müssen die ja selber doof aus der Wäsche schauen, wofür sie sich allerdings nicht sonderlich anstrengen müssen. (Humor wie von Markus Neckermann.)

Mit einem sehr lieben Bahnhof wurde ich in die weite Welt hinaus verabschiedet.

Im Auto hörte ich „Nur der Tod kann Dich retten" von Joy Fielding.

Gelesen von einer widerlichen Frauenstimme. (Leider!)

Fünf Programmpunkte waren hürdengleich auf die Wegstrecke nach Oese draufgespannt:

Eigentlich waren es sogar sechs, wenn man den Besuch bei Herrn Friese, dem die Batterie zu zahlen war, noch draufpackte, und schon auf jener Straße, die zum Edeka führt, schien sich ein Stau anzubahnen. Ein blinkender LKW verstopfte meinen Lebensweg!

Na, dann klappte es aber doch.

Dort hieß es jedoch, die Rechnung sei bereits auf dem Postwege unterwegs.

Ich fuhr weiter, und da ich die Programmpunkte allesamt als lästig empfand, war ich nach jedem einzelnen Programmpunkt noch fröher, den abhaken zu können:

In fünf Orten mußte ich Prospekte verteilen. Zunächst in Westerstede. Ich war eine Spur zu weit gefahren, und mußte nun ungeschickt wenden. Die Papiere reichte ich einer freudlosen Frau im Rollstuhl hinter ihrem Guckkasten.

Dann suchte ich fast vergebens nach dem „Gut Horn" in Gristede:

Mitten auf einer baustellenverrümpelten auto-bahnartigen Straße hieß es nämlich unverblümt: „Sie haben Ihr Ziel erreicht!"

Da bremste ich ganz aprupt um rechts einzubiegen, doch der Einbiegeweg war direkt nach dem Einbog schon zugegattert, so daß man sich mühsam und powärts auf die Straße zurückmühen mußte. Bis man sich da wieder aufgefädelt hat!

Dann fand ich das vornehme Schloßanwesen denn doch, und konnte die Prospekte einem Herrn überreichen, der sich in Begleitung eines güldenen Labradorhunds befand.

Hernach besuchte ich die „hängenden Gärten".

Das Paket, das ich zum Kunsthallenartigen Eingang schleppte, war so schwer, und dann war mir die Tür, die sich doch angeblich automatisch öffnet, einfach verschlossen. Wie einem Menschen, der es nicht verdient, in den Himmel zu kommen. Hinter dem Haus allerdings fand ich Frau Rohlfs, die ich zunächst nur als Eintrag auf einer Liste kannte denn doch, und fand sie nett!

Ich besuchte die Kulturämter von Bad Zwischenahn und Oldenburg, und dann hatte ich meine Mission erfüllt, und zu meinem Zielort war´s ja bloß ganz bißel über ne Stunde, so daß ich in Bevenstedt bei Edeka eine großzügige Pause einlegte.

Ich setzte mich ins hauseigene Caféhaus und entfaltete die BILD-Zeitung.

Liebe Peggy! schrieb der Wagner einen Brief an ein seit Jahren verschollenes junges Fräulein, und listete alles auf, mit dem die Bild-Leser doch ohnehin reichlich gefüttert sind: Er breitete ein Psychologat über den geistig behinderten Ulvi K. aus, der dieser Tage mit einem Freispruch rechnen darf:...*mit einem IQ von 67. Das grenzt an Schwachsinn. Er hätte auch gestanden „Batman" zu sein.*

Für so eine kleine Kolumne hätte man doch wirklich einen spritzigeren Scherz erfinden können! Dem Wagner jedoch schien er wohl witzig genug für die dummen BILD-Leser?

Ich spielte €-Jackpot. In dieser Woche sind leider bloß mehr 10 Millionen im Jackpott.

„Besser als in die Hose gemacht!" dachte ich in Worten Rehleins.

An der Kasse saß ein junger Türk.

Kurz vor Oese unterrichtete ich Herrn Pape telefonisch von meinem baldigen Eintreffen, und tatsächlich lief der angenehme Herr mit dem quadratischen Haupt, auf dem eine weißgetönte gut gemähte Rasenfrisur sprießt, bereits des Weges, als ich ankam.

Es hieß, der Vorverkauf sei äußerst schleppend verlaufen, indem nur eine vereinzelte Karte verkauft worden war. Doch es läge daran, daß dies nicht die Musik der Landbevölkerung sei. Nun baute man auf einen kleinen Ansturm an der Abendkasse, und bis dahin wolle man den Mut nicht verlieren.

Ich übte und spielte ausgezeichnet.

Kurz vor Ende der Übschicht erschien ein erster Hörer: Herr Tiedje vom Stiftungsausschuss.

Ein Herr, der eine ausgezeichnete Duftnote mitbrachte.

Nachdem ich ihn herzlich begrüßt hatte, übte ich noch weiter, und gerade *weil* ich so ausgezeichnet spielte, verließ ich die Pfade des Abendprogramms und spielte einfach freitagsgemäß die C-Dur Sonate von Bach, die gar nicht auf dem Programm stand, und ließ mich auch nicht beirren, als sich die Zahl der Hörfreudigen auf drei summiert hatte.

Herr Pape mit Frau, einer Dame, von der ich nur wußte, daß sie vor kurzem ihren 65. Geburtstag gefeiert hat.

Die Wellenlänge, zwar freundlich, war zunächst etwas irritierend: Ich scherzte, daß ich mich gleich „im Rahmen meiner Möglichkeiten" verschönern müsse, doch nun wurde ich vom Gefühl bewegt, der lose dahingeworfene Scherz wäre vielleicht nicht so recht verstanden worden, und daher nur dünn belächelt geblieben?

Hinter dem Atrium lernte ich eine freundliche Dame kennen, die sehr interessiert zu meinem Konzert strebte, wo sie dann wenig später leuchtend in der ersten Reihe saß.

„Ist heut Konzert?"

„Ja doch. Es spiele nämlich ich!"

„Es spielt die Frau <u>König</u>. Ich habe es in der Zeitung gelesen!"

Die Kirche füllte sich höchst zögerlich.

Ich kleidete mich hinter dem Altar an, doch dann kamen ja doch einige, und nach einleitenden Worten von Herrn Pape, der sogar den „Musikalischen Sommer" erwähnte und lobend hervorhob – legte ich los:

Ich spielte höchst souverän.

Nach dem Vortrag bekam ich ein Sträußlein überreicht, und Herr Pape sagte aus Versehen: „Ihr virtuelles Spiel!" korrigierte sich jedoch alsbald verschämt. „Ihr vir̲tuoses Spiel!" wobei er das „vir" betonte, das doch zuvor ohnedies richtig war?

Dann war´s vorbei.

Ich mußte noch kurz für eine stumpfe Fotогräfin posieren und schälte mich anschließend hinter dem Altar wieder aus meinem Konzertgewand heraus. Dabei hörte ich, wie Herr Pape mit einer Dame namens „Christa" plauderte, und dachte, dies sei wohl seine Frau, denn eine fremde Dame nennt man doch wohl kaum einfach „Christa"?

„Was da für eine Konzentration dahintersteckt!" hörte ich bewundernde Worte über mich.

Es handelte sich jedoch um die Pastorin, Frau de Riese, die ja ein sehr ungewöhnlicher Mensch sei:

Sie praktizierte in Lingen und legte sodann ein Klosterjahr ein. Jetzt bekleidet sie nurmehr eine halbe Pfarrstelle, und melkt auf 450€-Basis in den Abendstunden Kühe. Von der Ferne – ich spähte verstohlen durch die Verstrebungen hinter dem Altar - schaut die bebrillte Frau mit dem bißl Haarflaum auf der Hauptesoberfläche aus wie ein Herr.

Ich parkte im Knorzelwald hinter der Kirche, folgte Herrn Pape in sein Gehöft, und mir gefiel´s! D.h. es kläfften Hunde, aber der Wohntrakt mit seinen schönen hohen Zimmern gefiel mir ebenso gut, wie die zierliche blonde Dame des Hauses, die in der Stube ein so köstliches Abendmahl im Kerzenschimmer hergerichtet hatte.

Auch Pfarrerin de Riese wurde als Gast erwartet und erschien alsbald, um den Abend mit uns zu verbringen. In ihrer Art zu sprechen erinnerte sie leicht an die „Landschaftsbedienstete" Frau v. d. Nahmer.

Einen jungen Herrn begrüßte ich auch: Den Sohn des Hauses, und als ich frug, ob er der Nämliche sei, der heute Geburtstag habe, antwortete er nicht, sondern fuhr stattdessen, starr und streng wie ein junger Kadett, die Hand zur Gratulationsentgegennahme aus.

Dann bestürmte er die Pfarrerin mit einer Frage, der sich diese mit großem Ernst annahm:

Was sei der Unterschied zwischen Gott und Allah?

Über diese Frage habe sie neulich mit dem katholischen Geistlichen heiß diskutiert. Sie sei der Meinung, es sei einem auf Erden nicht beschieden, dies zu beantworten.

„Da ist er laut und poltrig geworden!" beschwor ich einfach eine Szene hervor, um der Geschichte eine pikante Wendung zu verpassen.

So, als sei ich dabei gewesen.

„…für diese Frage ist der Abend zu kurz!" beschied die Pfarrerin, und beendete das Thema, dem sie sich doch zunächst mit solch großem Ernst gewidmet hatte, fast brüsk.

Es wurden warme Brötchen gereicht, und die schüchterne, zierliche Dame des Hauses – leicht an die Lisa in der „Lindenstraße" erinnernd, und mit Zügen feinen Humors im Gesicht, geriet in Erzählglut. Sie erzählte, daß der Jorin, der sich nach den fast schroffen Worten der Pfarrerin auf sein Zimmer zurückgezogen hatte, bei seiner Geburt einen Sauerstoffmangel erlitten habe. Die Spezialisten meinten bedauernd, da würde wohl leider kein Klaviervirtuose draus.

Doch Frau Pape übte jeden Tag mit ihm, und ließ sich von keinen noch so wohlgemeinten Ratschlägen von diesem Pfade abbringen, so daß der Jorin davon schließlich ein fast ganz normaler Mensch geworden ist.

„Aber kein Klaviervirtuose?" hakte Frau de Riese mit einem amüsierten Lächeln im Gesicht nach. „Das nun nicht…." Hahaha! Man lachte verbindend.

Mit seinem älteren Bruder Eckehardt hatte man aber auch großen Verdruß:

Eines Tages verschwand der Eckehardt spurlos, und man hörte fünf lange Jahre nichts mehr von ihm. Zuerst wurde er von seiner Mutti schrecklich vermisst. Dann wurde sie ärgerlich auf ihn. Und nach fünf Jahren hat ihn schließlich ein nicht ganz billiger Detektiv in Cuxhaven aufgestöbert.

Doch der mittlerweile 30-jährige Eckehardt war ein Penner geworden, und bei der Wiedersehens-Umarmung nach so langer Zeit roch man seinen Bier-Atem.

Die schicksalsgeprüfte Frau und Mutter fand Halt im Glauben.

Die Gespräche modulierten weiter, und man wandte sich an mich als sonderbaren und weitgereisten Gast.

Pastorin de Riese bekommt immer Prospekte der „Ostfriesischen Landschaft", und plant im Sommer eine Reise zum Konzert nach Remels.

Ich deutete den schrecklichen Rechtsstreit an, in dem wir stecken, doch hierzu schlug mir lediglich ein nordisch zugeknöpftes: „Darüber bin ich nicht genügend im Bilde, als daß ich es mir erlauben dürfte, mich gedanklich einzubringen!" entgegen.

Dann sprachen wir noch über die abscheuliche Roheit der Chinesen in Shanghai, und Frau de Riese mußte sich und uns eingestehen, daß sie nichts über China weiß.

Sie weiß also so gut wie nichts über die Ostfriesische Landschaft und die Chinesen.

Von Ersterer vielleicht noch, daß die ihr jährlich einen Werbeprospekt schicken – von Zweiteren lediglich, daß sie gelb sind.

Dann wendeten wir die Themen in der Pfanne bis sie zu bruzzeln begannen, und sprachen schließlich darüber, wie Frau Pape Klavier lernt.

Gut wäre es, täglich *eine* Stunde zu üben, meinte sie.

Sie füttert die Tiere, bestellt den Hof, schreibt Briefe.

Frau de Riese verabschiedete sich, und vielleicht reist man mit einer Reisegruppe nach Ostfriesland und sieht sich wieder?

Nein. Im Landschafts-Konzert in Remels würde man mich ganz sicher nicht antreffen.

Nachtrag 2019: Nie wieder gesehen.

Ich wurde sehr müd, und doch erzählte ich noch von der lugubren Stadt Bremerhaven, und den vielen Serienmördern, die hier entsprossen sind - so als stünde die Stadt unter einem Fluch.

An der Wand neben der Stiege hängen Fotos der sechs Kinder: Kathrin, Maike, Friederike, Eckehardt, Jorin und Sigrun.

Mit 24 Jahren wurde Herr Pape erstmals Vater. Und während Herr Pape noch darüber referierte, bedachte ich ihn mit einem liebevollen Lächeln, und stellte mir vor, ihn zu küssen.

Hier in meinem kleinen Appartement steht ein Webrahmen, und jemand hatte bereits mit einer kleinen Webarbeit begonnen.

Frau Pape, die keinen Herausforderungen aus dem Wege
geht, versucht ein Kleid für ihre Tochter aus puren Sonnen-
strahlen zu weben.

Samstag, 12. April
Oese - Kiel

Grau in Kiel. Abends regnete es

Ich schlief einfach fantastisch.

Um halb sieben, in matt entrolltem Tageslicht, nahm
ich sowohl eine betörende Schlafenssüße, als auch
einen verdrießlichen Traum mit ins Bad – verbunden
mit dem freudigen Gefühl, mich gleich wieder ins
Bett zu schmiegen.

Doch dann beließ ich mich doch in erhobenem
Zustand.

Im Haus war´s still, aber die fleißige Frau, die meist
erst gegen zwei Uhr nachts ins Bett zu steigen pflegt,
werkelte so rührend herum, und hatte bereits einen
Frühstückstisch, auf dem eine Kerze leuchtete, mit
den appetitlichsten Speisen bebeigt. Und ein
geflochtenes Huhn, mit törichtem Ausdruck und
einem Körble auf dem Rücken, in dem drei
Frühstückseier lagen, musterte uns entgeistert.

Durch das Küchenfenster schaut man in die Natur hinaus – unbebaut und in wilder nordischer Schönheit wie vor 100 Jahren.

Und hier saßen wir nun in einem einsamen, wunderschönen alten Haus mit hohen Zimmern.

Ich erfuhr, daß Frau Pape ihren Kindern gerne individuelle Postkarten schickt. Sie habe sich bereits eine lustige Postkarte bestellt, die heute geliefert würde: Drei Hennen am Osterfeuer.

Herr Pape hatte um diese frühe Uhrzeit schon ein bißchen im Büro gearbeitet, nun aber setzte er sich auf die Bank, wir nahmen einander bei den Händen und sagten den Spruch von der Erde, „die´s hervorgebracht" auf. Halt! Zuvor wollte Frau Pape mir ja noch auf dem Klavier vorspielen.

Doch zunächst mußte sie sich ein wenig einfingern, und spielte, wenn zwar (noch) leicht stümperhaft, mit einem ganz lieben Klang an einer Clementi-Sonatine herum.

Ich blätterte in einer großformatigen „Violinschule" von Christian Heinrich Hohmann aus dem Jahre 1891, mit einem äußerst kunstvoll gestalteten, an einen alten Meisterbrief erinnernden Titelblatt. Das 189 Seiten starke Werk führt von den leeren Saiten in der ersten Lektion, bis in gipfelstürmende Lagen in den letzten Lektionen hinauf, wenn man es denn mal zuende studiert. Ein Buch in einem Format, das es heutzutage gar nicht mehr gibt – die Blätter weich wie Lappen, und hinzu viel zu groß, um es wie auch immer in einen Bücherschrank zu stellen – so daß die einzige Möglichkeit, sich dieses Buch zu halten darin besteht, es auf den Flügel zu legen, und seinen Kopf wie eine Blume mit geknicktem Hals über die kostbaren Lehren und Weisheiten zu beugen.

Ein blutiger Laie öffnet das Buch, schaufelt es Wort für Wort in sein Gehirn hinein, und wird gegen Ende der Lektüre zum Spitzenvirtuosen.

Ein Buch, das die kleine Gisela, ein Enkeltöchterchen, bekommen soll, auch wenn Buz über die Zeichnungen mit dem lockeren Bogengriff vielleicht stöhnen würde.

Dann erst frühstückten wir.

Die hübsche und zierliche, jung gebliebene und fast elfenartige Frau Pape, die leider nicht so gut hört, indem sie oftmals fragend frägt, was man da eben wohl gesagt habe, hat so unwahrscheinlich wenig Ähnlichkeit mit jener Dame, die in meinem Inneren aufgestiegen war, als mir Herr Pape im Februar erzählt hatte, seine Frau würde heute 65 Jahre alt.

Aufgestiegen war eine teigige, hefeweiche und stark übergewichtige, wie ein Pudding auseinanderzufließen drohende Seniorin mit breitem weißen Haarkranz, die mit blecherner Stimme Torhaftigkeiten von sich gibt, und dazu ein Sahnetörtchen verspeist. Doch Frau Pape ist grad das Gegenteil: Schüchtern, kultiviert, humorvoll, freundlich und tüchtig. Sie kommt aus einem kleinen Dorf, 15 km nördlich, und spricht demzufolge sehr norddeutsch, fast platt im Klange.

Und in dieser Sprache versteht sie, fesselnd aus ihrem Leben zu erzählen:

Sie wußte stets, daß sie in jenem kleinen Dorfe, in dem sie vor 65 Jahren und 7 Wochen auf die Welt kam, nicht würde bleiben dürfen, da der Hof ja ihrem Bruder versprochen worden war.

Die Familie machte einmal einen Ausflug, und die damals junge Frau Pape verliebte sich in dies wunderhübsche Haus, in dem wir nun saßen.

„Hier würde ich allzu gerne wohnen!" dachte sie sehnsuchtsvoll... doch daß sie den Besitzer wenig später auf dem Tanzparkett kennen und lieben lernen sollte?

An der Wand in der Küche hängen so köstliche Kinderbilder:

Der eine Enkel „Enno" malte lustvoll einen Bankraub: Ein Räuber richtet seine Pistole auf einen gescheitelten und bebrillten Bankbeamten, der erschrocken die Hände in die Höhe reckt, und dies fesselnde Gemälde hat der Enno auch noch genußvoll mit den passenden Farben ausgemalt.

Leider leidet Frau Pape unter großer Flugangst. Einmal flog man nach Vermont in die USA, wo seit mehr als 50 Jahren die 77-jährige Halbschwester von Herrn Pape ansässig ist.

Nun aber zieht es die alte Dame in die Heimat zurück, und als sie einmal in Oese zu Besuch war, rief sie beim Anblick des oberen Zimmers aus: „This is my home!!"

Jetzt möchte sie hier herziehen und im Alter gepflegt werden – und auch ihre deutsche Staatsbürgerschaft hätte sie gerne zurück.

Die Rückblicksphase hat eingesetzt!

Herr Pape riet hindess vorsichtig, erst einmal drei Monate zur Probe hier zu wohnen, und im Winter nochmals, denn sonst bricht man in Amerika alle Zelte ab, und kann sich an ein Leben in Europa doch nicht mehr gescheit gewöhnen?

Im Musikzimmer hängt ein schönes großes Foto, das die Mutti von Frau Pape am Klavier zeigt.

Die beiden mittleren Töchter Maike und Friederike finde ich so hübsch: Zart und fein wie ihre Mami. Ebenso die Omi am Klavier.

Die Eltern sind betrüblicherweise alle schon tot!

Die Mutti von Herrn Pape sei allerdings über neunzig geworden.

Mit ihr war man leider nie so ganz warm geworden, dieweil sie noch vom alten Schlage war.

Bald darauf verabschiedete ich mich herzlich.

Man geleitete mich noch ans Auto, und ich solle mich melden sobald ich in Wremen spiele.

Zunächst fuhr ich zum Pfarrhaus, um den Prospekt vom Musikalischen Sommer einzuwerfen. Leider war die Pfarrerin nicht daheim, und so war ich gezwungen, meine Botschaft mitten auf das hübsche Burschengesicht von Sebastian Manz draufzuschreiben, der das Titelblatt unseres diesjährigen Sommerprospekts ziert.

Am Händi sprach ich noch mit Ming darüber, daß die Pfarrerin mit einem Bus zu den Gezeitenkonzerten zu reisen plane, und ich händeringend versuchen wolle, dies zu verhindern.

Ich fuhr an jene Weggabelung, wo es sich zu entscheiden gilt: Kiel oder Lübeck? und las Verdrießliches: 10 km Stau vor dem Elbtunnel.

Strenggenommen hatte ich keine Ahnung, wie man den Elbtunnel umfahren solle? In letzter Sekunde scherte ich auf gut Glück rechts aus, und noch lief's eine Weile lang gut, doch dann wurde mein Leben unerfreulich: In der Ferne erspähte man bereits die zum Stillstand gekommene Autokette, die Pufferzeit schmolz zusammen, und schon konnte man dem Stau nicht mehr ausweichen.

Schließlich reichte es einigen von uns: Einer löste den Herdentrieb aus, raste die Standspur entlang zur Ausfahrt – ich tat's ihm nach – und ein anderes Auto vor mir scherte so rapide aus, daß ich stark bremsen mußte. Hernach sah man dann, daß der Koffer mit den Diarien nach Vorn gekippt war.

„….dabei wurde mein Tagebuch zerquetscht, und mit ihm kostbare Erinnerungen aus zwei Monaten meines Lebens!" könnte man theoretisch verärgert vor Gericht ziehen – doch die Gerichte stöhnen über dererlei.

In Hamburg Stillhorn (einer Raststätte) irrte ich herum und erinnerte direkt an jene Liebeskranke, die ich einmal in einem Film kennengelernt habe, und die verzweifelt einen arroganten Herrn namens David Sutton suchte. Dreimal sprach sie jemanden an, um nach dem Phantom zu fragen, und dreimal sprach somit auch ich jemanden an, um mich kund zu tun, wie man denn nun wohl weiter käme? *Ich möchte zu meiner Tante Irma! Von der Kälte und Anonymität der Autobahn in die warme Stube. In mütterlicher Fürsorge gehüllt ein köstliches heißes Süppchen löffeln…* Die erste Frau zeigte zwar ein mattes Lächeln, kannte sich jedoch nicht aus. Dann frug ich ein qualmendes Mannweib mit grauem Bürsten-schnitt, ferner ein vorbeipromenierendes Paar. Doch niemand konnte mir helfen.
Man hofft, vielleicht eine mütterliche Freundin zu finden, die einem den Weg weist – hindess vergebens!

Ich litt an nagenden Kopfschmerzen unter meiner Frisur, und mit selbigen fuhr ich nun nach Heiken-dorf, einem unmittelbar an Kiel geschmiegten Ort, wo am Nachmittag ein Konzert auf der Agenda stand.

Viele sind ja nicht gekommen, allerdings die Tante Irma mit der Familie T.

Über den Pfarrer, Herrn Rose, dachte ich: „Schon wieder jemand mit dem Asperger-Syndrom."

In steifen Worten stellte er mich vor, und nachdem die steifen Worte verklungen waren, stand ich nun auf der Bühne, und geigte die Wenigen an, die sich herbemüht hatten.

Ich mit meinen Kopfschmerzen stand da, und bemühte mich sehr um Genialität. Doch der Widerhall war mir zu gering. Als Zugabe – „wollen Sie noch etwas hören?" „Ja, gerne!" (sagte ein rundgesichtiger Herr) spielte ich noch den 1. Satz von Bachs a-moll Sonate.

Dann bekam ich ein Sträußlein überreicht.

Eine interessierte Frau stellte eine interessierte Frage: Aus welchem Lande stamme der Ysaye? Und wie spräche man seinen Namen korrekt aus?

Ja, wenn man dies bloß wüsste.

Dann war's vorbei.

Auch der eine, stadtbekannte Behinderte von Kiel, der kein Konzert auszulassen pflegt, war erschienen. Ein Herr, mit Namen „Christoph" (Nachname unbekannt), der wegen seiner seltsamen Kulturwütigkeit bereits einmal mit Foto in der Zeitung porträtiert wurde.

Doch so kultürlich, wie er sich nach Außen hin gibt, ist er gar nicht, und ihm geht es ausschließlich um seine Autogrammsammlung, die im Laufe der Jahrzehnte so üppig geworden ist, daß er selber nur noch mit Mühe in seine enggewordene Wohnung passt.

Zwei CDs verkauft.

Der Christoph, alt und mit dem Rollator, reichte mir einfach sein aperes Börsl, aus dem ich mich nach Herzenslust bedienen möge.

Doch bevor ich noch danach griff, begrüßte ich die Irma und die mitgebrachten Verwandten mit großer Freude und je einer Umarmung.

Man einigte sich auf ein gemütliches Beisammensitzen bei der Irma, und nun fuhr ich durch die regenperlige Nacht, und fand zwar einen Parkplatz direkt vor dem Hause, doch mein Autopo parkte ein bißchen illegal, so daß ich mit klammen Gefühlen immer wieder draufschauen mußte.

In der so warmbeleuchteten gemütlichen Wohnung von der Irma fühlt man sich immer so, als sei man endlich „angekommen".

Der Anselm hob einen Krombacher Pils, die Silvia ein Wasser, und die fleißige Irma war hauptsächlich in der Küche tätig.

Ich bekam ein köstliches Süppchen, und wir sprachen über den Behinderten „Christoph", der alt und müde geworden sei. Früher habe er sein Geld immer sehr gerne gut beisammen gehalten. Forsch trat er auf die Künstler zu, und sagte Dinge wie beispielsweise: „Ich hab ja in fünf Monaten Geburtstag! Da würde ich mich über so ein Geschenk doch sehr freuen!" und griff zu diesen Worten bereits ungeniert nach Herrn Gaßmanns Gitarren-CD, die dieser doch zum Verkauf feilbieten wollte.

Und vorhin habe er mir einfach sein welkes Börsl gereicht, aus dem ich mich bedienen möge – bloß, daß da gar nichts drin war.

Der Anselm meinte, daß man mit diesem Behinderten knallhart sein müsse. Er barmt alle Leute an, und kennt da keine Hemmungen.

Die Tante Irmi hatte Canapés, winzige Knabberfischchen aus splittrig dünnem Teig und köstliche Marzipan Schogetten bereitgestellt, und später gab´s auch noch Erdbeeren mit Sahne, die besonders den naschhaft veranlagten Anselm begeistert haben.

Der Anselm findet Heino gut, und seinen Job Scheiße. Und so blieb einem als anteilnehmendem Gesprächspartner auch nicht viel anderes übrig, als zu raten, sich zum Schlagerstar oder Heimatsänger umschulen zu lassen.

Vielleicht will er aber auch ein Fahrradgeschäft eröffnen, denn wenn er erstmal auf der Bühne steht und die Scheinwerfer auf ihn gerichtet sind, so wird ihm womöglich heiß & kalt?

Später erzählte mir die Irma, daß der Anselm immer bloß *ein* Bier trinken dürfe, denn sonst hübe er zu randalieren an, und Abende dieser Art enden oftmals unerfreulich.

Leider wohnen die beiden in einer derart geschmacklos eingerichteten Wohnung! – Die Irma bog sich zu dieser Schilderung in entgeisterter Belustigung, schüttelte sich in einem durch Imagination hervorgerufenen leichten Schüttelkrampf, und erinnerte dabei direkt an Omi Ella.

Sonntag, 13. April
Kiel - Zarpen

Zunächst strahlend schön. Doch dann zogen
teilweise leicht graue Wolken auf.
Mittags äußerst windig
Abends durch Wolkenverblasungen
nicht ohne Reiz

Heute stand eine Reise zum Musikalischen Gottesdienst in Zarpen auf der Agenda, und in dem von der Tante Irma so liebevoll bezogenen Bett schlief ich einfach fantastisch und erfüllend, als mich das Händi zu früher Morgenstund in den Tag hineinrupfte.

Ich verschönte mich, und zum ersten Mal im Leben schien´s mir so, als müsse ich ein wenig trödeln, denn man sieht es kommen, und ich treffe 2 ½ Std. zu früh in Zarpen ein?

Die bekennende Langschläferin Irma war überraschenderweise ebenfalls bereits erwacht, und mit einer süßen emsigen Ausstrahlung schickte sie sich sogleich an, in der Küche ein perfektes kleines Frühstück aufzubauen.

Ich hatte eine leichte Scheu, Irmas große Gastfreundschaft überzustrapazieren, während die Irma selber auch nicht so gerne das Gefühl vermittelt, unbedingt Gesellschaft gegen die quälende Einsamkeit zu wünschen. Sie denkt dem Sinne nach: „Ein jeder muß wissen, was er tut!" und beim Blick aus dem Küchenfenster rumorte es in mir dahingehend, zu sagen: „Du mußt dich entscheiden, ob du lieber Besuch oder lieber deine Ruhe hättest!" Doch im Grunde wäre es eine grobe Unhöflichkeit, jemanden, selbst mit gewählteren Worten, vor eine derartige Entscheidung zu stellen.

Aus Angst, blankem Schnorrertums verdächtigt zu werden, hatte ich meinen Besuch so hingestellt, als seien die beiden Konzerte nur ein Vorwand dazu gewesen, endlich mal wieder in den hohen Norden zu reisen, um die Irma zu besuchen. Und dies - so unglaubwürdig es auch scheint - stimmt sogar!

Doch auf meine gestrige Frage, ob sie nicht lieber ihre Ruhe hätt, hatte die Irmi schwer zu deuten geantwortet: „Meine Ruhe habe ich genug!"

Jetzt sagte die Irma Dinge wie beispielsweise: „…ja, wenn man mich einladen würde!" (nach Ofenbach).

„Da aber nie eine Einladung ausgesprochen wurde, ist man wohl ein lästiger Gast gewesen."

Das Irmchen bemühte sich, die Worte frei von Bitternis, im Rahmen der emsigen Frühstückszubereitung sachlich anzubringen.

Wir saßen uns gegenüber, und viel zu schnell bewegte sich der Zeiger der Küchenuhr, während wir uns zum Thema „Gastesfröhe" austauschten.

Die Irma erzählte, wie sie einmal in Berlin im Krankenhaus lag, und nach ihrer Entlassung nicht gleich nach Hause zurück reisen wollte.

Und so tauchte sie mit ihrem kleinen Köfferchen bei ihrer Schwägerin Lore auf.

Die Lore gab sich gütig, schenkte Kaffee aus und sagte: „Du hast ja gottseidank Verwandtschaft in Berlin!" Etwas, das einem glatten Rausschmiss gleichkam, so daß man ein bißchen sehen konnte, wo Tante Beas Erbmasse wohl abgezapft worden war.

Was die Bea wohl für einen Tango hinlegt, wenn ich nach Art einer völlig normalen Frau, die leider ganz undichterisch schreibt, beiläufig schrüb`:

Irma plant eine längere Sightseeingtour in California, und lässt anfragen....

Nach einer Weile riss ich mich schweren Herzens los, zumal mir der Kaffee so bekömmlich schien, und ich jetzt stundenlang hätte weiter beim Kaffee so dasitzen mögen.

Zunächst gefiel mir die Fahrt durch Sonnenschein in Schleswig-Holstein unglaublich – bloß fror plötzlich der Navigator fest: „Neue Route 4,2 km" las man gefühlte Stunden lang, und plötzlich hatte die Berechnung auch wieder einen Sprung von 10 auf 25 km gemacht.

Ich wußte nicht, wie fahren, fuhr fluchend hin und her, um dann ja doch um fünf nach neun in Zarpen einzufahren, und von einem leutseligen Küster empfangen zu werden.

Die Organistin, die sehr nett sei, übte bereits emsig auf der Orgel, und eine halbe Stunde vor dem Spektakel erschien auch der für den heutigen Gottesdienst angemietete „Probst im Ruhestand" – ein ernsthaftes Loriot-Männlein - und begrüßte mich.

Oben auf der Empore lernte ich die neue Ersatz-orglerin kennen, die im Vorfeld mailisch bereits nachdrücklich als „sehr nett" gepriesen wurde, und war überrascht zu sehen, daß es sich um eine ältere, so jedoch sehr gepflegte und gutaussehende Dame handelte.

Zirka 22 fromme Bürger fanden den Weg in diesen Gottesdienst – gehalten von Probst Manfred F. – der „sp" und „st" höchst mecklenburgerisch aussprach: Nämlich so wie einst die Mutter von Walter Kempowski, die den Gebildeten unter uns aus dem Film „Tadellöser & Wollf" doch wohl ein Begriff sein dürfte?

Der Gottesdienst schien sehr gedrängt, indem die einzelnen Programmpunkte zügig vonstatten gingen. Mal stand der Probst mit ausgebreiteten Armen vorn, dann wiederum uns den Rücken zugewandt am Altar, und dazwischen spielte ich mit großer Innbrunst & Leidenschaft auf meiner Violine. Dann wurde ein leicht kümmerlich klingendes Lied gekrächzt, und solange der Probst in der ersten Reihe mittat, verstand man ja zumindest den frommen Wortlaut. Doch einmal verstummte er, und da verschwammen die Gesänge augenblicklich, und verwandelten sich in ein konturloses Lallen.

Zur Predigt stieg der Probst die Kanzel empor, und seine Stimme schien mir so angenehm, daß ich ihm gerne lauschte, und bei dieser Gelegenheit erfuhr, daß man sich nicht einfach vornehmen könne „zu glauben" oder, wie der Berliner sagen würde „zu jlooben" ← doch dies sagte er nicht.

Glaube könne man auch nicht erlernen, und der Glaube sei nach wie vor „ein Geschenk".

Zu diesen Worten stellte ich mir höchst virtuose Rückwärtssalti auf einem Querbalken an der Stirnseite der Kirche vor, die wie ein Schwebebalken wirkte.

„Das machen doch alle, - hört man immer wieder…" vernahm ich in diese Vorstellung hinein Worte von der Kanzel.

Bei den Abkündigungen hieß es zunächst, die Kollekte sei für mich gedacht. Dann wiederum, sie flösse der Telefonseelsorge zu. Man hörte das Aufklimpern von Münzen, und sogar ein Kollektengebet stand auf dem Programm.

Nett fand ich, daß der Geistliche später im Künstlerzimmer einen 5 € Schein zückte und in den kleinen Plastikbeutel für mich gleiten ließ:

79 € und ein paar Silberlinge, und sogar ein Sträußlein hatte ich bekommen.

Mein Navigator schien kaputt und dies, wo ich ohnedies keine Ahnung hab, wie ich die nächsten Monate überleben soll?

Dann funktionierte er aber doch, und ich drehte eine Schleife um die Kirche, verabschiedete mich warm von der freundlichen Organistin, und hernach fuhr ich nach Kiel zur Irma.

Die Irma stak in einer verzupften Wolljacke, die sie sich einst selber gestrickt hat. Auf dem Tisch lag ein

Erzählband von Alice Munro, der Nobelpreisträgerin.

Nach einer Weile verließen wir das Haus zu einem Spaziergang.

Die Irma möchte mir immer gerne neue Facetten von Kiel vorstellen. Heute fuhren wir mit dem Schiff, und durch den gekräuselten Wellengang fühlte es sich an, als befände man sich auf dem Halli-Galli-Markt, und verlöre vorübergehend den Halt im „Ernst des Lebens".

Die weiten Spaziergänge in Kiel sind mir oft etwas lang, wenn wir auch an einer Gänsewiese vorbei kamen, und man ja wohl weiß, wie gerne ich auf das Federvieh draufblicke!

Ständig könnte ich da draufblicken.

Die Irma erzählte von Lores Tochter Brigitte, Rehleins Kusine, die bereits in jungen Jahren starb. D.h. sie *starb* eigentlich gar nicht, sondern hörte einfach auf zu leben, glückte der Irma ein Satz in feiner, berührender Poesie.

Eines Tages fand man das jäh erloschene Lebenslicht auf dem Bette, und in der Küche standen noch die Einkäufe, die jedoch leider noch nicht in den Kühlschrank geräumt worden waren.

Brigittes Ehemann Dubick lebt heute noch, und er, der eine Weile unter Mordverdacht stand, entpuppte sich überraschend als außerordentlich warmherziger, aufmerksamer und treuer Mensch, der die Irma zu ihrem Geburtstag stets mit einem kleinen Brief bedenkt, oder auch mal ein Sträußlein liefern lässt, und auch hin und wieder anruft, um anteilnehmend zu fragen, wie es ihr wohl geht? Seine Mutti war einmal die zweitälteste Frau von ganz Berlin, und verstarb im vergangenen Sommer im gesegneten Alter von 107 Jahren und 9 Monaten an Altersschwäche.

Wir kamen an jene Stelle mit den häßlichen Häusern, wofür man einige Milliönchen auf dem Konto haben müßte.
Schad find ich allemal, daß die Irma viele Lustigkeiten die man ihr erzählen möchte, rein akkustisch nicht versteht: Ich hole aus und versuche lustvoll und berauscht etwas Interessantes auszubreiten, doch mitten in diese Worte hinein führt sie einfach ihre eigenen Geschichten weiter aus, während es mich doch dürstet, mit den Meinigen zu punkten.
Doch dann rufe ich mich zur Ordnung, zumal dies doch Ü70ger Art ist, und lenke mein Ohr interessiert auf Irmas Geschichten:
z.B. wie sich die Irma einst auf die Liste der Gleichstellungsbeauftragten setzen ließ.

„Die Fische werden ja ganz schön zum Narren gehalten!" sagte ich beim Anblick einiger Angler. Man freut sich über einen köstlichen Happen, und sitzt sodann unschön in der Klemme, indem man nämlich ganz gegen seinen Willen in die Höhe gezogen, eingesackt und später auch noch verspeist wird.

Ein Schiff hieß „Lotte", so daß ich sehnsuchtsvoll an die Omi-Mobbi denken mußte.

Ich hatte gehofft, daß wir gleich wieder ins Schiff steigen, doch stattdessen wanderten wir nur rechts am Kanal entlang.

Leider hat die Irma ihre goldene Armbanduhr verloren, wie sie nun bedauernd erzählte.

Beinah wären wir zu einem entfernten Caféhaus gelaufen, doch stattdessen setzten wir uns nach Art zweier Schulfreundinnen auf eine Beinbaumelungsbank am Kanalsaum und erzählten uns Geschichten aus unserem Leben, während wir auf die Schiffe blickten:

Die Irma z.B. erzählte von ihrer langjährigen Berufserfahrung, und wie *sie* die Lebensläufe von Silvia und Anselm sofort beim allerersten in-Augenschein-nehmen als untauglich hinwegsortiert hätte.

Und dabei hatte die Silvia zweimal im Leben einen hochdotierten Job:

In der Citybank, und im Hollyday Inn. Sie bekam dafür je ein Zeugnis von einer Qualität, daß man hätte meinen können, sie habe eine Affäre mit dem Chef gehabt.

„Doch dem war nicht so!" ließ die Irma unbewusst den Landschaftsdirektor Bärenfänger zu Wort kommen, der eben diese Wortgirlande einmal dafür benützt hatte, um etwas, dem doch so war, zu überstülpen.

....und dies wird die Silvia ihrer Mutti wohl grad erzählt haben? Da lacht man doch!

(Dies dachte ich.)

Dann liefen wir wieder zurück – im Wettbewerb mit einem rasend schnell herbeibrausenden Schiff, mit dem wir alsbald ans andere Ufer zurückgetragen wurden.

Wieder an Land erzählte die Irma, wie ihr Vermieter die Miete nicht erhöht habe, denn hätte er sie doch erhöht, so hätte die Irma umziehen müssen. Sie sagte: „In ein paar Jahren ziehe ich ohnehin ins Altersheim!"

„In welches Altersheim willst du ziehen?" erkundigte ich mich interessiert, auch wenn mir nicht *ein* Altersheim in Kiel bekannt ist.

„In gar keines. Ich ziehe demnächst auf den Friedhof!" sagte die Irma sachlich.

Daheim stellte sich die Irma augenblicklich in die Küche um zu kochen, und alsbald zog ein betörender Duft durch's Haus. Das Essen wurde grad wie in Amerika zwischen 5 und 6 Uhr am Nachmittag serviert.

Zu einem feinen Reisgericht mit Pilzen gab's einen Gurken-Tomaten-Salat und als Nachspeise Vanille-

Pudding mit Erdbeersoße, und zu diesen Köst-
lichkeiten zählte die Irma alle Enkeltricksvarianten
auf, die sie schon kennt:

Einmal habe die Kriminalpolizei angerufen, um der
Irma zu erzählen, daß ihre Telefonnummer im
Adressbüchlein eines Herrn gefunden wurde, der
wegen Trickbetrügereien verhaftet worden war, und
tatsächlich: Die Irma erinnerte sich….ein
freundlicher Herr, der sich *scheinbar* verwählt hatte,
rief an. – Dann rief er bald darauf erneut an, um zu
sagen, daß er ihre Stimme so sympathisch gefunden
habe. Er sei frisch in die Stadt gezogen und leider ein
wenig einsam. Ob man sich wohl auf einen kleinen
Kaffee treffen könne?

Doch die kluge Irma ahnte es bereits, und sah das
Szenarium plastisch vor sich: Man setzt sich einem
gutaussehenden Herrn mit falschem Bärtchen
gegenüber, hängt die Handtasche neben sich, gerät
bei einem Thema in Diskussionsglut, und während
man sich in Rage redet, hängt ein zweiter Täter die
am Stuhle hängende Handtasche ab und
verschwindet auf leisen Sohlen. Wenig später wird
sich dann auch das Gegenüber kurz entschuldigen,
um nie wieder aufzutauchen….und während die
Irma sodann fluchend an der verschwundenen
Handtasche herumsucht, in der sich auch noch die
Monatskarte für die Straßenbahn befindet, wird mit
Hilfe des Hausschlüssels, der sich ebenfalls in der

verschwundenen Handtasche befindet, seelenruhig
ihre Wohnung ausgeraubt…

*„Wenn Sie mich einladen gerne. Ich bringe aber keine
Handtasche mit, die ich neben mich hänge — falls Sie darauf
spitz sein sollten?!"* hätte man sagen sollen, und davon
wäre das Interesse dann auch rasch erkaltet…

Die Irma erzählte von ihren Kindern:

Ich erfuhr, daß der Martin bei seinem letzten Besuch
sehr niedergeschlagen gewesen sei: Die Tierärztin
Frau Dr. Raab, mit der er etwas angefangen hatte,
habe Schluß mit ihm gemacht.

Frank käme nie auf die Idee, seine Mutter mal zu
fragen wie es ihr ginge?

Wir schauten aus dem Fenster auf den
Sonnenuntergang drauf, und jene Stelle in Kiel, wo
die Sonne hinabsinkt, wenn die Zeit für sie reif ist,
gefällt.

Man schaut auf die mehrstöckigen Wohn-blöcke
gegenüber mit ihren vielen Fenstern, und an einer
Stelle kann man durch ein Wohnzimmer hindurch,
an dessen Ende sich ein weiteres großes Fenster
befindet, in die weite Welt schauen, und in einem
anderen Fenster links daneben brannte ein Kerzlein,
*um an jemanden zu erinnern, der eines Tages das Haus
verließ, und nie wiederkehrte.*

Ich durfte das schöne Ölgemälde an der Wand für
die Bea fotografieren. Es zeigt die junge Irma — einst
vom etwa 16-jährigen Rehlein kunstvollst nieder-

gepinselt. Doch Rehlein kannte die Irma überhaupt nicht, und hatte sich nur eine passende Frau für ihren Lieblingsonkel Otto ausgedacht, der als Hagestolz zu enden drohte. Wenig später hing´s dann in seiner Junggesellenbude an der Wand und die Spezis witzelten: „Da hängt ja das Fräulein Jerke an der Wand!" Dem Otto war bis zu diesem Zeitpunkt kein Fräulein Jerke bekannt. „So bringt sie doch mal mit!" rief er….

Die Irma selber möchte nicht mehr fotografiert werden.

Als leicht ergreifend empfinde ich´s hindess, daß man der Bea schreiben könnte, daß sich die Irma in jenem Moment als der fotografische Schuß fiel, direkt neben diesem Bild befunden hatte.

Auf meinem Händi hatte sich eine Botschaft von Frau Dieudonné angesammelt. Leider sei der seit Jahren gesundheitlich schwer gebeutelte Frank nun auch noch schwer erkrankt: Lungenkrebs!

Eine erste Chemo habe er bereits bekommen.

Mit diesem niederdrückenden Wissen befüllt, lief ich in die Stube zurück, wo ein Abend mit der Irma begann:

Es gab Tee, einen sehr schmackhaften großen Apfel, und Kuchen mit Zuckerkruste.

Wieder erzählte die Irma, wie sie einst mit Leidenschaft über interessante Themen zu diskutieren pflegte.

Wir sprachen über Schulen: Waldorf, Montessori –
das Luzilein auf dem Gymnasium – und die
unheimliche riesengroße Pflanze im Eck, mit ihren
gigantischen und von vielen Löchern durchsetzten
Blättern.

Eine Pflanze, die Otto und Lore um das Jahr 1926
herum auf dem Jahrmarkt gewonnen hatten, und die
es nach all den Jahren immer noch gibt.

Auf dem Tische lag die historische Einladung zur
Hochzeit von Opas Eltern am 27.4.1909 in Stuttgart.
Eine nur leicht vergilbte, kunstvoll gestaltete Karte,
die ich immer wieder ergriffen zur Hand nahm. Man
klappt sie auf und studiert die feincomponierten von
Meisterköchen konzipierten Speisen, und nach dem
üppigen Viergangs-Menü wurden Liköre und
Pralinen ohne Ende verhießen.

Da war der Opa bereits unterwegs.

Die Hochzeitseinladung brachte es ans Tageslicht.

„Fräulein Dietrich!" sagte das Irmchen schelmisch-
tadelnd über ihre heut lang verstorbene Schwieger-
mutter.

Die Irma erzählte so nett von ihrer ersten
Schwangerschaft, die sie sich auf der Hochzeitsreise
eingefangen habe, so daß man stolz sagen durfte:
„Nein. Wir mußten nicht heiraten."

Das Irmchen mußte sich ständig erbrechen, so daß
ein Arztgang zum Muß wurde, und der erfahrene
Doktor erriet die Wurzel des Übels, und sprach

tröstende Worte: „Sie haben doch sicher einen lieben Freund, der Sie vielleicht heiraten wird?!"

„Ich <u>bin</u> verheiratet!" sagte das Irmchen aufgebraust und leicht pikiert.

„Ja, dann verstehe ich das Problem nicht!"

Doch es war ja bloß so, daß es so schnell gegangen war, und das junge, erst 18-jährige Irmchen hatte doch gemeint, man erschwängere ganz langsam?

Montag, 14. April
Kiel - Grebenstein

Höchst aprilös.
Z.T. stürmische Regenperlen und Graupeltornadi.
Dann Glanz, arielweiße Wolken –
Rotgrauer Himmel. Niagarafallbewölkung (steil), -
imposante Quellbewölkung

Heut träumte ich von *Julia Timoschenko mit ihrer imposanten Frisur:*
Gertenschlank, in einem orangegetönten gestärkten Hemde saß Vladimir Putin an einem Rundtisch bei einem sog. „Ehemaligen Treff", und hier benahm er sich äußerst locker – grad „wie der nette Nachbar von nebenan".

Selbstbewusst lockte ihn Julia Timoschenko zu einem
persönlichen Gespräch in die Besenkammer, und begann
unverzüglich, Klartext zu reden: "Was erlaubst Du Dir
eigentlich?? Was tust Du einfach so, als seiest Du „der nette
Nachbar von nebenan"?"
Doch sie kam mit ihren Worten ebenso wenig durch, wie wenn
man Kirsche darauf anspräche, daß er sich in ein gemachtes
Nest gesetzt habe.
„Verlaß dich drauf: Ich komme eines Tages, und spalte dir
den Schädel von hinten mit der Axt!" sagte Julia T. noch, da
der Putin mittlerweile einen gänzlich erkahlten Schädel
„trug". Doch plötzlich war er verschwunden, und fand sich
nicht mehr.
Dann sprach Julia T. noch mit seiner Pressesprecherin, -
einem arroganten jungen Ding, - und brachte Gleichnisse an:
Sie fühle sich so, als träte jemand auf sie zu, und beschuldige
sie einer absurden Tat! machte sich Julia T. traumesun-
logischerweise erbost Luft.
„Ja ich weiß! Man hat immer mit Unschuldigen zu tun!"
höhnt man seinen eigenen Worten hinterher, und „ach nein.
Natürlich nicht!" Traumesunlogik pur, wie man nun
zugeben muß.

Dann erhob ich mich in einen grauen Tag, dessen
Gräue man bereits durch die geschlossenen Lider
spüren konnte. Doch bald darauf schon stach die
Sonne durch das Wolkensüppchen.

Zuerst war es im Hause totenstill, dann aber
knospelte Hausherrin Irma auf, und begann auf ihre

emsige Art unverzüglich mit der Frühstückszubereitung.

Zu Ehren des Gastes baute sie das Frühstück in der Wohnstube auf.

„Wieviele tausende Male saß ich bereits hier?" sinnierte ich dankbar und mit Behagen – „und immer zeigt die Uhr 11:04".

Die schöne goldene Wanduhr ist bereits vor vielen Jahren stehen geblieben, und der klapprige Onkel Otto im Bilderrahmen, liest, auf einem Klappstuhl sitzend, seit vielen Jahren die „Kieler Nachrichten", und die Wohnung – mit einer neuen Tapete verschönt – riecht heute nicht mehr nach kaltem Rauch – gottlob! wie man sagen möchte.

Nein, Tante Irma habe nicht gut geschlafen. Dies erfuhr ich bereits zu Tagesbeginn in der Küche, und tatsächlich hatte man früh morgens in der Schlafkammer bereits Licht gesehen, das einen unter der Türritze hindurch angeblitzt hatte.

Immer wieder schwenkte ich die Rede auf die Einladung zur Hochzeit von Opas Eltern, und machte ein Getue drum, als habe ich einen Schatz gehoben, während es für einen pragmatischen Menschen doch wohl kaum mehr sein dürfte als ein alter Papierschnippel, der längst ins Altpapier gehört?

Ich scheine es kaum erwarten zu können, bis Onkel Dölein seinen Irrtum einsehen muß, denn der Onkel hatte äußerst beharrend, und keine Widerworte duldend geschrieben, die Hochzeit habe im Jahre 19**07** stattgefunden.

Dies sei ihm amtlich vom Rathaus bestätigt worden!

1907 – daß ein junges Ding damals zwei Jahre lang nicht erschwängert sein soll?? Wie stelle er sich dies denn vor? Da lachte die Irma über so viel Unverstand, und noch in der Küche erzählt sie von einer 52-jährigen, die unbeabsichtigt schwanger wurde. 18 Jahre später traf sie deren Tochter, die ihrerseits nun meinte, sie müsse sich mit Heiraten und Kinderkriegen nun wohl beeilen, wenn ihre Eltern die Großelternfreuden noch bei klarem Verstand erleben möchten?!

Dies dürfe man nicht von den Eltern abhängig machen! „wußte" die weise Irma, und wedelte dazu leise mit dem Zeigefinger.

Ich hätte das „Fräulein" Dieterich doch wohl sehr gerne kennengelernt – etwas, was wiederum der Irmi vergönnt war.

Wie sie wohl gewesen sei?

Sehr herzlich, und immer um das Wohl der anderen besorgt. So wie Rehlein.

Die Irma selber war damals eher etwas ruppig, und habe sich in ihrer Unreife den Ratschlägen einer reifen Frau weitestgehend verschlossen – und es sei SEHR gut gewesen, daß man so weit auseinander lebte. Sie in Essen – Omi in Esslingen.

Womöglich sei die Irma ja auch eine Enttäuschung gewesen – so ganz ohne höhere Schulbildung und Abitur?

„Jetzt wäre sie STOLZ auf dich!" sagte ich mit Blick auf die in Ehren Gedörrte, die ihr Leben so großartig gewuppt hat, und plusterte das schöne Wort auf, so daß es an die Decke schwebte, wie ein mit Hellium gefüllter Luftballon

„Auf mich muß man nicht stolz sein!" sagte die Irma.

Auch *meine* Frisur sah heut ein bißchen aus wie jene von der Irma: Üppig ausgefranst, nach einem Frisörbesuch trommelnd, und so, daß sich die Locken nicht mehr so recht kräuseln möchten. Wenn ich so alt bin wie die Irma, dann ist das Yaralein bereits 26 Jahre alt, *kommt vielleicht hi und da zu Besuch, und benimmt sich deutlich höflicher als heut?*

„Darf ich dir helfen, Tante Kika?"

„Was heißt hier „darf"? Du MUßT mir helfen, Mädchen, ich bin eine alte Frau!" sage ich mürrisch.

Die Tante Irma servierte feinstes Körnerbrot und geröstetes quadratisches Rosinenbrot.

Ich entfaltete die Kieler Nachrichten:

Frau getötet, 49-jähriger festgenommen

„Sagt dir der Name „Mario Barth" etwas?" sprach die Irma mitten in diese bannende Lektüre hinein. Es sei ein saublöder Komiker, über den sich die Irma immer ärgert. Sie muß nie über ihn lachen, und doch gelingt´s ihm, die Ostseehalle zu füllen, und die Proleten liegen am Boden vor Erheiterung.

Ich erzählte, wie Buz sich gerne Komiker anschaue, und es macht mir immer so eine Freude, über Buz zu reden, und vielleicht das ein oder andere Puzzelteilchen seiner so reichhaltigen und geheimnisvollen Persönlichkeit offen auf den Tisch zu legen.

„Du lachst dich krank!" prophezeit Buz, wenn er genußvoll seine Kabarettsendungen genießt.

Wir sprachen über Irmas Wohnung, die doch ziemlich groß, und auf ihre Weise auch gemütlich ist. Ständig wird etwas herumgeschoben und verändert.

Beim Aufbruch fühle ich mich immer so, als stüke ein Bein in der Schlinge, da ich so mühsam vom Fleck komme.

Wieder fotografierte ich das schöne Ölgemälde an der Wand und stellte mir vor, wie ich noch viel mehr Fotos ins Kuvert bette: Z.B. die Pflanze, die Otto und Lore Mitte der zwanziger Jahre auf dem Jahrmarkt gewonnen haben, die Blümchentapete←

„*ach Schätzchen, das interessiert mich uüüberhaupt nicht!!!*" hört man im Geiste das Beätchen izzeln.

Dann empfahl ich mich.

Die Irma ließ anklingen, daß man sie auch anrufen könne –

„Ich habe kein Telefon."

Doch auch wenn es stimmt, klang es leider halbseiden und unglaubwürdig.

Dann fuhr ich ab.

Meine erste Reiseetappe dauerte nicht sehr lang, indem's jetzt erstmal zu „Famila*" ging, und die junge Frau an der Tankstelle war so nett!

*Mein Lieblingssupermarkt in Kiel – vielleicht sogar weltweit, denn einen besseren gibt es nicht – und dieser paradiesische riesige Supermarkt, woran auch Omi-Mobbl ihre Freud gehabt hätt´, wurde einmal zum „Supermarkt des Jahres" gekürt!

Ich erfuhr, daß die Leute die hier leben, diesen stürmischen Wind lieben würden.

Am liebsten hätte ich Ming angerufen, bloß um zu verkünden, daß das Wetter scheußlich sei:

Ein Wirbelgeniesel in kaltem, pfeifenden Wind.

Und doch heißt es, der Kieler liebe dies…

Sehr freundlich war auch das Fräulein an der Eistheke, dem ich ein Eishorn mit zwei Kugeln abkaufte, da mich die vielen originellen Eissorten so sehr interessiert haben: Mozart-Pralinée und Piemont-Haselnuß. (Wahrscheinlich eine etwas gehobenere, stark veredelte Haselnuß, wie ich gleich freudig dachte und hoffte.)

Mit dem Eishorn setzte ich mich auf einen freien Sessel in der Wimmelhalle, und hätte somit von der Irma in flagranti bei meinem Schandtreiben erwischt werden können!

(„Da verabschiedet sie sich tränenreich, und hängt 100m weiter erstmal ab!")

Bleistiftsgraue Wolken und davor sahneweiße, und das Ganze schien sich wie ein Wasserfall vom Himmel herab zu ergießen. Dazu glitzerte die Sonne von Hohem auf den regennassen Asphalt, so daß es wirkte, als führe man mitten in die Ewigkeit hinein.

Dann gab's mal einen ganz harrschen Trommelregen, und wenig später bildete sich ein unfallbedingter Stau.

Wir mußten eine Rettungsgasse bilden, durch welche Feuerwehr und Notarzt hindurchfegten – doch das Liebespaar hinter mir ließ sich in seiner Verliebtheit kaum verdrießen.

Wir Autofahrer kamen schließlich zum völligen Stillstand. Mehr als eine Stunde lang stand man nur rum, und niemand schien eine Idee zu haben, ob oder wann es weitergeht?

Ich schaute auf einen gelben Autopo drauf, und rechts, durch die drögen LKWs wiederum, sah man in Picknickatmosphäre ein idyllisches Feld schimmern.

Die Sonne schien mittlerweile wieder – arielweiße, reizvolle Wolken ballten sich zu Blumenkohlformationen wie auf dem Haupt einer reifen Frau, ohne den Sonnenglanz zu tangieren.

Abendlicher Einkauf im Rewe Grebenstein:
Ein Kleinkind, das von seinen Eltern durch die Gänge geschoben wurde, sah aus wie eine pott-

hässliche alte Frau auf einem Meistergemälde von Manfred Deix, in blutjung!

Mehr als sechs Stunden hatte die Reise nach Grebenstein gedauert, wo ich um neune herum, beladen mit einem Sack Unfug, in einer stürmisch regenperligen Nacht schlußendlich wieder in Omis Stube eintraf.

Ich freute mich zwar wahnsinnig, wieder daheim zu sein, doch der Abend hatte es in sich:

Zuerst schien's kurz so, als wolle der „Hollywood" gar nicht mehr angehen, aber dann kam ich mit dem alt und dröge gewordenen Stick kurz ins Internet.

21 Mails von denen grade mal eben 4-6 von Interesse waren:

Frau Jendrasiak lud mich ein, nach dem Gottesdienst vorbeizukommen – jedoch zu spät, denn ich war ja wieder hier!

Herr Teicke hatte meinen Brief schlecht gelesen: „Na, das ist aber ein Unterschied: Österreich und Reinhausen!" – ließ er wissen, und dabei hatte ich doch nur geschrieben, daß ich in Reinhausen gespielt hätte! Meine freundlichen Grüße jedoch waren aus Österreich gekommen, wie ich extra hinzuge-schrieben hatte, auf daß er froh sei, endlich mal einen Brief aus der weiten Welt zu erhalten.

Rehlein schrieb wie alle Tage sehr nett und früchtebrötern, Frau v. Einem berichtete mitteilungsfreudig, daß sie in Potsdam war...

Dann telefonierte ich mit der Irma und erfuhr, daß ihr Schlüssel abgängig sei – „dank" mir!

Zunächst suchte ich ihn im Auto und in meinem Börsel je vergebens. Doch dann fand ich ihn in meiner Jackentasche ← na wenigstens!

Doch ins Internet kam ich nun nimmer.

Es sprang gar nicht mehr an.

Man stupfte den Stick ein, doch es wirkte so, als stopfe man einem Verstorbenen eine finale Cigarette in den Mund, und in seinem Gesicht läse man weder Freude noch Empörung.

Ich schöpfte dann allerdings aus dem Vorsatz mir morgen einen neuen Stick zu besorgen frischen Mut.

Über mir jauchzte zuweilen eine enthemmte Blondinenstimme in dreckigem Gelächter auf.

Um Punkt Mitternacht stieg ich ins Bett.

Dienstag, 15. April

Grau, bräsig und kalt

Ich dachte an Philipp W., der heute Geburtstag hat.

Das süße griechische Wunderkind von einst.

(„Was ist Deine Sprache?" frug eine Seniorin den kleinen Musikanten am Straßenrand.

155

„Meine Sprache ist die Musik") ist nun dem BJS beigetreten. (Bund junger Snobs), so wie andere eben ihr Heil im Satanismus finden.

Seit gestern abend bin ich internetfrei.

Mein Strapsband zur Welt ist solcherart gerissen, als habe man mich in ein Altersheim gesteckt, wo um 16:45 das Abendessen serviert, und kurz darauf selbst bei schönstem Abendsonnenschein die Jalousie herabgelassen wird. Ein unhaltbarer Zustand für mich, so daß eine Reise in die nächstgelegene Weltstadt Kassel zum Muss wurde.

„Fahre ich eigentlich gerne nach Kassel?" und „Lege ich eigentlich gerne Eier!" frug sich der Ric* in mir.

*Ric: der Exmann von der Tante Bea.

Ein zergrübelter Mensch, den es stets nach einem höheren Dasein dürstete, so daß er sich in seinem irdischen Leben unbehaglich, und sogar fehl am Platz bedünkt.

Sowohl Ric als auch Beätchen haben ja zum Eierlegen eigentlich gar keine Zeit.

Doch es handelt sich ja um eine Notwendigkeit, und so gilt´s, jene Zeit die man dafür verseefelt hat, an anderer Stelle einzusparen.

Ich griff mir mein Läptopköfferchen, wurde aber schon sehr bald von meinem Wege abgepustet, indem ich nun einfach bei der Edith schellte.

Etwas, was das Julchen nie und nimmer gemacht hätte, und das Julchen steht ja z.Zt. bei mir sehr hoch im Kurs. Seit sie zu Ming gesagt hat: „…das ist doch unwichtig. Wichtig ist unser Baby!"

Dieser Satz gefiel mir so gut, *daß ich ihn dem Julchen am liebsten abtippen und schicken würde. Deine Worte! Und diese Worte haben mir gefallen!*

„Komme gleich!" hörte man Ediths Stimme, und dann schaute sie zunächst furchtsam durch's Klofenster.

„Üüch bin's!" hatte ich ganz tief gesagt, so daß die Edith womöglich kurz gedacht hat, es sei der Tod, oder zumindest der Mittagsmörder von Grebenstein.

Nun wurde ich freundlich hereingebeten, und durfte mir einen Kaffee kochen.

Ich erfuhr, daß die Edith es leider schrecklich an den Zähnen hatte. Das Gesicht war bis zu den Augen hin gänzlich verschwollen, und nachdem die Zahnärztin alles aufgebohrt hatte, da schmerzte es noch viel mehr, und die Edith mußte Antibiotika und Penicillin einnehmen, und bekam's davon an Magen und Darm!

Zu diesem unschönen Bericht saßen wir in der Küche, und ich hatte noch das letzte Eck von der köstlichen TUC-Milka dabei. (Rechteckigduschkopfförmiges Salzgebäck, bei dem man sich kaum zurückhalten kann.)

„Der Ooopa hat so gerne TUC genascht!" erinnerte ich mich liebevoll.

Ein banaler Satz ohne Haftkraft, der auch von Omi Kionczyk* hätte stammen können, und doch mit so viel Innbrunst vorgetragen.

*Ediths verstorbene Mutti (1919 – 2006)

157

Wir warteten auf die Brötchenfee, da die Edith für den Samstag ein Brot zu bestellen gedachte.

In der Zeitung kam ein Report über einen unerhört scharmfreien Herrn, der seit 1958 jeden Tag die „Hessisch-Niedersächsische-Allgemeine"(HNA) gelesen, und keine einzige Ausgabe jemals verpasst hat, und nun hatte ein Reporter einen ganzen Aufsatz über diesen Herrn verfasst: So ein HNA-belesener Mensch – und nun ist er Witwer, und hat den Abgang seiner Gattin in trockenem Klagegesange in der Zeitung veröffentlichen lassen.

Ein Herz steht still, wenn Gott es will.

Nach einer Weile kam die Putzfrau Monika, die einfach alle Leute duzt, weil sie der Meinung ist, vor Gott seien wir praktisch alle gleich, und zuvor hatte die Edith noch davon gesprochen, daß sie gerne mit jemandem per Du sei – bloß, wenn dieser Jemand sie ungefragt einfach losduzt, so fände sie das weniger höflich.

„In manchen Dingen bin ich wohl altmodisch!" sagte sie.

Da kam die Monika, eine reife Frau mit Igelfrisur, die viel lacht, und deren Zähne wie erosierende Grabsteine lose und wenig geordnet in der Lächelzone herumstehen – bzw. natürlich hängen.

Zwei wuschelige Kleinhündchen strebten zur Tür und ins Haus herein.

Sie gehörten einer vorbeipromenierenden Dame, und sind es gewöhnt, bei der Edith mit einem Leckerli verwöhnt zu werden.

Die Monika scheint eine ähnliche Sogwirkung auf Hunde zu haben, wie unser Papa.

Wo immer sie eintrifft, folgt ein Rattenschwanz an Kötern, lachte sie unbekümmert.

Auch die Monika bekam einen Kaffee serviert, und setzte sich zu uns an den Tisch.

Wir erfuhren, daß Thomas & Katja unmittelbar vor ihrem Urlaub auf der Insel Korsika stünden.

Die Katja kommt aus Iserlohn, und vor ihrer endgültigen Umtopfung von Iserlohn nach Immenhausen hat sich die Gesundheitsbewusste gewissenhaft nach Ärzten umgehört. Zahnarzt, Hausarzt, Facharzt u.a. – zumal sich die Normalbürger ohne Arzt vielleicht „wie auf Eiern" fühlen? So wie jemand, der ohne Führerschein Auto fährt? Und so als habe man **ohne** gar keine Daseinslegitimation und wäre dem BÖSEN hilflos ausgeliefert? Während *ich* wiederum Ärzte und Medikamente meide wie der Teufel das Weihwasser.

Die Monika würde, wenn sie das nötige Kleingeld besäße, auch gerne jene Ecken der Erde besuchen, die sie noch nicht kennt.

Da müsse man den Euro-Jackpot knacken, sagte ich, da dies ja eine Sehnsucht von vielen unter uns ist, und dann erzählte ich noch von den „Euro-

Millionen" in Österreich, die bislang noch niemand geknackt habe.

Einmal befanden sich bereits 127 Millionen € im Jackpot, und hätte man den geknackt, so wäre man finanziell aus dem Schneider gewesen.

Nach dem Besuch bei den Damen fuhr ich nach Kassel, und hörte unterwegs sehr interessiert die Geschichte von Joy Fielding weiter:

Man feierte in einem fremden Haus, und der Dreamboy „Gregg" versuchte, ein farbloses Frauenzimmer namens Meghan zu einem Bumsgelage zu überreden. Sanft umkreiste er mit den Fingern ihre Milchbunker, und es fühlte sich unglaublich an. Doch die Meghan riss sich los.

Und zu diesen Worten kam ich in Kassel an und besuchte zunächst die Post, um meine Jewel-Böxles zu zahlen. 29,63 € Aderlass.

Die Post war um diese Uhrzeit nicht sonderlich gut besucht, und zweimal stand ich am Schalter eines grenzdebilen, gehbehinderten, müden und mürrischen alten Postbeamten.

Ich schrieb einen Überweisungsschein und verschrieb mich leicht, so daß ich mich grad nochmals anstellen mußte.

Bei „Debitel" fühlte ich mich wie eine Mutter, die ihr krankes Kind ins Großklinikum bringt.

*Ein kleiner Internet-Shop

Das Öffnen des Läptop-Köfferchens fühlte sich somit ein wenig an, als öffne man den Windelbund eines kranken Säuglings, der grün und gelb durcheinander geschissen hat, so daß dies nicht mehr gutzuheißen sei.

Ich freute mich, daß der Laden leer war, und noch mehr freute es mich, von Herrn Andrejtschischin bedient zu werden.

„Ich habe ein bißchen Ahnung!" pflegt er sich bescheiden zu geben, und gilt doch im Team als der Allwissende.

Nun aber setzte sich das Drama auf der Autobahn grad fort: Man freut sich, daß ein Stau aufgelöst scheint, und steht mitten in diese Freude hinein bereits im nächsten.

Zwar schien es auf den ersten Blick so, als sei der Stick tatsächlich wackelig, dann aber funktionierte der Neue ebenso wenig.

Man riet mir, ein USB-Kabel zu kaufen, und die Software herab- und wieder hinaufzuladen.

Am besten wäre aber natürlich, sich gleich einen neuen Läptop zu beschaffen.

(Mit mildem Lächeln gesprochen.)

Dauernd wurde „initialisiert", doch es bewegte sich gar nichts.

Einmal betrat ein hochverpickelter Herr den Laden, dann wiederum eine rupffrisurige Dame, die eine bessere Flatrate für ihre stundenlangen Schnuddelagen am Telefon wünschte.

Schließlich hieß es, ich möge um 17 Uhr wieder-kehren.

So viele Stunden Freigang, ganz nach meinem Gusto!

Zunächst lief ich zum Auto zurück, um mein Händi zu holen.

Dann telefonierte ich mit dem ssss´Schatz.

Ming ist stets sehr warm und freundlich zu mir, und doch spürt man eigentlich immer, daß der Zeitpunkt unpassend ist.

Später telefonierte ich mit Rehlein am Münzomaten vor dem „Debitel", und Rehlein war so warm!

Buz habe mir heute einen Katechismus geschrieben, der genial sei, freute sich das süßeste Rehlein.

„Oh, mein Schatz!"

Mit diesen warmen Worten beendete Rehlein das Telefonat, und die stimmten mich bis auf Weiteres glücklich!

Sie begleiteten mich bis zum City-Point-Eiscafé hinauf, wo ich mir eine Rocher-Kugel in der Waffel gönnte.

Das Fräulein verstand mich jedoch miss, und beigte zwiefach eine weiße Kugel auf.

Lachend klärten wir den Irrtum auf.

Dann kaufte ich Leckereien bei „Hussel".

Der kristallenen Schatzvitrine, wo man den Glasdeckel durch Knopfdruck in die Höhe schweben lassen kann, entnahm ich belgische Pralinen. Doch eine ziemlich große, bergförmige, mußte ich später ausspucken, weil sie mir zu buttrig war.

Ich besuchte die Buchhandlung Thalia und die Sushibar - im Kiosk daneben kaufte ich mir noch ein Journal, um den Besuch noch besser genießen zu können, und eine alte Omi spielte Lotto, und frug den jungen Bediensteten interessiert, wann man im Fernsehen wohl miterleben könne, wie *ihre* Zahlen gezogen werden? Doch er wußte es nicht.

Ich aß zweimal Avocado-Maki, und hinzu einen Würfel mit einem in Rührei eingewickeltem Gurkenstück in der Mitte, der mit Avokadolappen tapeziert war. Dann griff ich mir ein buntes Osterei, das für die Kunden mitrotierte und „aufs Haus ging".

In der BILD heut:

Ein Rentner mußte als Osterhase arbeiten, da seine Rente nicht reichte. Und diese globale Unwichtigkeit schaffte es auf die Titelseite!

Das fehlte gerade noch, daß der dumme Wagner in seiner, wie stets in Briefform gehaltenen Kolumne: „Lieber, beschissener Rentner!" schrüb.

So, wie er es sich ja bereits schon einmal erlaubt hat: „Lieber, beschissener Thomas Strunz!"

(Dies geschah, als die Omi noch lebte, und Omi Ella nahm lebhaften Anteil am Schicksal eines Thomas Strunz, dem die Frau ausgespannt worden war. (Und dies vom „Effe", einem bedeutenden Fußballspieler). Der Name „Strunz" gefiel mir so gut, daß ich ihn mir bis zum heutigen Tage gemerkt habe, und nicht extra in meinem Hirn danach herumstochern musste.)

Es handelte sich um einen Stuttgarter Rentner, der jeden Tag in einem Osterhasengewand mit seinem Akkordeon in Bahnhofsnähe sitzt. Abends hat der 74-jährige dann meist seine 10€ Tageslohn beisammen. So, wie er es sich vorgenommen hat.

„Wenn ich in das Gewand steige, dann lege ich meine Würde ab!" wird er zitiert.

Im „Debitel" erlebte ich eine Freude: Schon der andere Herr wußte zu berichten, daß Herr Andrejtschischin den Schaden glücklich behoben habe.

Da kam der Besungene auch schon herbei, und ich war so glücklich und dankbar. Der „Hollywood" leuchtete auf, und man schaute auf das jubilierende Pröppilein auf dem Desktop, und theoretisch hätte der blutjunge Herr Andrejtschischin sagen können: „Enkelkind?"

Doch das Gerät arbeitete langsam, und ich rechnete herum, wie es wohl sei, sich ein neues zu kaufen?

Mit diesen Gedanken lief ich zum Parkplatz und telefonierte mit Ming.

Ming war mit dem Pröppilein bei „Roßmann" und mußte ein bißchen ein Auge draufhalten, auch wenn der Laden vielleicht gegen Unfug versichert ist? Gegen Kinderunfug schon – nicht aber gegen unzureichende Aufsichtspflicht.

Ich erzählte Ming eine lang zurückliegende Episode aus meinem Leben: Wie ich beim „Obst Hauser" in Trossingen die Honig-Pyramide angerempelt habe, so daß einige Honiggläser in ihrem Blute auf dem Boden lagen.

Doch als ich den immensen Sachschaden zahlen wollte, hieß es „man sei versichert".

Ming lauschte mir in der Art von Till E.: So als wolle er die letzten beiden Wörter repetieren, habe jedoch trotzdem nicht hingehört.

Nur wenn man über das Pröppilein spricht, horcht Ming ein bißchen auf:

Er solle mir das Video schicken, auf dem das Pröppilein so entzückend jubiliert. Erst jubiliert es, doch dann schaut es ganz ernst „Kikaninchen" und läßt sich von nichts und niemandem mehr davon abbringen, und manchmal zieht es dazu eine „Schippe", indem es die Unterlippe schmollend vor die Oberlippe schiebt.

Beim Rewe hatte ich Glück: Die Post hatte bis um 20 Uhr geöffnet. Rasch kaufte ich einer Seniorin ein paar Briefmarken „für Dich", sowie ein Kuvert für Irmas Schlüssel ab.

Ich verpackte Irmas Schlüssel und bettete ihn in eine mit humor- aber auch reuevollen Worten vollgeschriebene Klappostkarte aus Kappadokien hinein.

Die Dame am Postschalter gab sich etwas ruppig, indem sie mir einfach eine glanzlose Blümchenmarke aufpappte, die ich doch eigentlich gar nicht haben wollte, denn für die Irma ist mir die feinste Briefmarke grad gut genug! Dann aber wurde sie ganz kleinlaut, da sie sich verrechnet 30 Cent zu viel aufgepappt hatte.

„Zu viel macht nichts?" erkundigte sie sich einfältig, wie einst die Dame Gerswind, wenn sie sich bei einem Professor vergewisserte, ob ihre Art der Interpretation überhaupt legitim sei?

Ich beschloss, den Schlüssel per Einschreiben zu verschicken, und so wurden noch ein paar hübsche Marken zusätzlich aufgepappt, die ich mir sorgsam ausgesucht habe. Doch als ich mich zum Gehen wandte, drehte ich mich rasch wieder um.

„Ich hab vergessen, den Absender draufzuschreiben!"

Man hätte meinen können, ich verschicke erstmals im Leben einen Brief.

„Legen sie ihn nachher dort hin!" brummte die Postfee, doch auf dem Heimweg stellte ich mir unfroh vor, jemand risse die Türe auf, es gäbe einen Luftzug, und dieser wichtige Brief würde einfach hinweggewirbelt, landet hinter einem Schrank, und wird erst in einigen Jahren, im Zuge einer Renovierung entdeckt, wenn die Irma bereits auf dem Friedhof liegt?

Mittwoch, 16. April

Meist schön sonnig, allerdings etwas frisch

Auch die Tage des heiljen Vaters Benedikt, der heute seinen 87. Geburtstag feiert, dürften nun allmählich gezählt sein.

HERR, das Ding tut nicht gut.

(Dies sagt der heilige Petrus beim Blick auf den Gebeugten, Alternden)

Ich im Bette morgens, von unterschiedlichen Wetterströmungen, die ich alle durch die geschlossenen Lider sehen konnte, wachgeküsst – fühlte nichts als seelisches Unbehagen, und große Sorgen.

Woher nehme ich Geld und Energie?

Eins ist ja erfreulich: Ich bin einfach dünn geworden. Mehr als unerfreulich wiederum ist meine Frisur: Eine Irma-läßt-Grüßen-Buschalarmsfrisur, die nach Schur schreit.

Gestern war ich zwar wieder ins Internet gekommen, doch schon wieder taten sich lästige, diesbzgl. Sorgen auf.

Jetzt hieß es plötzlich: **falsche Pin**

3x! Ich ließ ihn wieder aufheulen, dann deinstallierte ich den Stick, und dann lief gar nichts mehr. Er leuchtete bloß mehr rot und grün, wie der Po eines Mandrills, und wie es ausschaute, kam ich auch heute nicht um eine Reise nach Kassel herum.

Wie beim Dow Jones schlagen meine Pläne Kapriolen, und bilden ein kurviges Muster, indem ich manchmal „so" denk, und dann wiederum „so". Mal ergreift Buz oder Ming in mir das Wort, dann wiederum Rehlein. Jetzt z.B. hatte ich den Plan gefasst, mir einen neuen Läptop zu kaufen.

249,99 € kostete er in meiner Phantasie, und mit Herrn Papes Überweisungsgut dürfte es sich eventuell ausgehen, so hoffte ich zu meinem Besten.

Doch zunächst blieb ich bei der Edith kleben.

Ich hob zwei Kaffees, und hätte der Edith die fünf Briefmarken, die ich ihr ausgesucht hatte, gerne geschenkt. Die Edith aber legte mir drei €uro auf den Küchentisch, und wurde direkt ein wenig energisch. Wenn ich die nicht nähme, so würde sie mich nie wieder um einen Gefallen bitten.

Die Edith schnitt den Ingwer für ihren Ingwertee, und wackelte zuweilen ohne die Krückstöcke durch die Küche, doch es sah schlimm aus.

Auf dem Wandkalender bestaunte ich Thomas und Katja in Florida.

Man schaut auf die Katja: Einen Menschen mit einer anderen Geschichte und einem anderen Schicksal. Aus ihrem Gesicht spricht eine gewisse Verhuscht- und Unsicherheit.

Ständig ist sie mit ihrem Liebsten im Wohnwagen unterwegs.

Der Thomas könne gar nicht genug bekommen vom Reisen und kalifornischen Sonnenuntergängen – doch von Familie & Kindern spricht er mit Fleiß nie. Glaubt er womöglich, die Katja könne ihren Herzenswunsch – wenigstens ein süßes kleines Töchterlein - auf diese Weise vergessen?

Ich rankte ein paar Worte drum, daß ich leider ein goldenes Sitzleder hätte – bildlich gesprochen, fällt es mir immer schwer, ein warmes Wannenbad zu verlassen, und als ein solches empfand ich nun das gemütliche Kaffeetrinken bei der Edith.

„Das hast jetzt du gesagt!" sagte die Edith.

„Mein Leben besteht nur aus Warten!" verriet ich in Erinnerung an den Standstau vor zwei Tagen, führte das Thema allerdings nicht näher aus. Ich half der Edith noch mit der Papiertonne, wurde dabei von Schröders Putzfrau, einer Dame die mir von der ersten Sekunde an sympathisch gewesen ist, freundlich begrüßt, und fuhr nach Kassel hin.

Zunächst lief ich zur Post um mein Vermögen zu checken und wurde innerlich aschfahl: Grad mal ein bißl mehr als 300€ Haben, und ich hatte etwas in der Größenordnung um 1300€ erhofft!

Der eine leicht grenzdebile Beamte, der mir mittlerweile ja schon vertraut ist, konnte mir nicht einmal Auskunft geben, ob's auf meinem Konto in den letzten Tagen eine Bewegung gegeben habe, weil ich keinen Ausweis dabei hatte. Resigniert und ohne ein Wort des Dankes entfernte ich mich.

„Schönen Tag noch!" sagte der Beamte nach Art eines Bettlers, dem man typischerweise doch nichts gegeben hat.

„Schönen Tag noch und vielen Dank!" beeilte auch ich mich, die kurze Bekanntschaft mit lieben Worten abzukadenzieren.

Zuvor noch hatte ich Ming angerufen, und ohne überhaupt danach gefragt worden zu sein, erzählte Ming, daß der Prozess wegen der Fotorechte gut für uns ausgegangen sei. Hurra!

Für fast 30 000€ Karten verkauft!

Heut vor einem Jahr noch unsere schlimmste Sorge – niemand könne mehr Karten bei uns kaufen, weil die Landschaft uns überall madig gemacht hat – doch diese Sorge ist einfach hinweggeschmolzen. Die musikalische Naschlust der Friesen scheint groß – fast unersättlich.

Nun aber plagten und peinigten mich meine eigenen finanziellen Sorgen.

Hi und da vergesse ich, daß ich noch meinen Wüstenrot-Notgroschen habe, und fühle mich finanziell am Arsch angelangt – doch dann fällt mir der Notgroschen wieder ein, und ich bin nicht mehr traurig, sondern froh.

Zuerst kehrte ich in einem Computer-Shop ein und wurde von einem ganz ernsten Türken sachlich beraten. Das Bereinigen koste 45, und das Sichern nochmals 45€! Und dann?

Ich lief weiter bis zu „Debitel", wo heut allerdings eine Dame namens Anna agierte, die ich vielleicht nicht so mag. Sie begibt sich zwar schnell an die Arbeit, ich mit Kennermiene bemerke jedoch gleich, daß dies wenig Nutzen bringen würde.

Die Anna hatte kunstvoll gestaltete Fingernägel angesteckt, mit denen sie nun gelangweilt, und hinzu auf Art eines selten unbegabten Klavierschülers auf meinen Läptop herumklimperte, - die Fingerspitzen starr in die Höhe gehalten, auf daß die teuren Kunstnägel, mit denen man einen potenziellen „Dreamboy" auf sich aufmerksam machen möchte, nicht absplittern, und nie kommt jemand mal auf die Idee ein Kompliment über das kleine Pröppilein zu machen, das als Desktophintergrund aufleuchtet, wenn man den Läptop hochfährt, und so goldig jubiliert.

Der andere Spieß ist auch eher ein ruppiger Typ. Er tadelte mich leicht, warum ich den Stick bloß wieder deinstalliert habe? Dann glaubte er mir meine PIN-Nummer nicht und frug zwiefach, ob ich den Zettel, wo die draufstünd wohl noch hätte?

„Das hat keinen Zweck!" hieß es über den maroden „Hollywood".

Ich begab mich zur Bibliothek im Rathaus, denn ein Leben ohne Internet birgt ja durchaus auch Chancen. Z.B. jene, mal wieder ein gutes Buch zur Hand zu nehmen, und handgeschriebene Briefe zu verfassen.

Ziellos suchte ich nach einem fesselnden Roman, doch bereits 13 Minuten vor Eins, wurde uns Bibliotheksbesuchern ein schöner Heimweg gewünscht, und ich hatte doch erst ein chinesisches Buch über drei Töchter zur Hand genommen.

Ich lief wieder zurück, die Sorgen verließen mich nicht, und doch sollte man froh & dankbar sein. Man schaut auf seine Mitwaberer im Stadtgeschehen drauf und sieht, daß fast jeder sein Päckchen zu tragen hat: Junge Frauen mit viel zu dicken Beinen, Menschen im Rollstuhl: MS – dies sei erst der Anfang!

Ich besuchte einen weiteren Computershop, und wurde von einem öligen Herrn ölig beraten. Schon der ernste Türke in dem anderen Shop war mir wenig sympathisch gewesen, und dieser hier war´s nicht minder: Man nähme 60 € für´s Bereinigen, und zum Sichern wiederum 60 € pro Stunde.

Ming am Händi war so freundlich!

Das Julchen würde mich gleich beraten.

Allerdings beriet das Julchen soeben den süßen Buz in Ofenbach, denn Buz wiederum hatte seine Word-Dateien verbockt, und war ganz verzweifelt.

Ich selber ließ mir nun für 11 € eine schülerhafte Frisur zum Jubelpreis scheren.

Während des Schurvorganges las ich eine Geschichte in der „Lisa" (einem Journälchen für die Frau):

Eine Frau hatte ihren Traummann gefunden, doch der Traummann neidete ihr ihren Job, an dem sie so viel Freude hatte.

Dann las man, was man unter einem „gesunden Leben" versteht, und man riet zu Prognosetests: Welche Krankheiten wohl zu erwarten sind?

Die neue Frisur wurde von einer jungen unerfahrenen Frisöse gestaltet, die sehr freundlich war, und mir zum Abschied ein Osterei schenkte, so daß ich den Jubelpreis von 11 auf 13 € hochjubelte, da mich das junge Fräulein leicht an das junge Rehlein erinnerte. Es hat doch sicherlich etwas vor, und spart auf irgendetwas Schönes hin? versetzte ich mich liebevoll in das junge Fräulein hinein.

Beinahe hätte ich meinen Läptop in diesem Laden vergessen, und ob ich nach dem Besuch attraktiver ausschaute, darf ja tunlichst bezweifelt werden.

In der Thalia traf ich den Schröder!

Buzesgleich blätterte er in losem Interesse in den Journalen. Von der Rolltreppe aus bewunk ich ihn herzlich.

Später aß ich Sushi in der völlig veraperten Sushibar und fand's köstlich (besonders die kühlen Avocado-Gondeln). 1x Avokado-Maki, 1x Futos, 2x Gondeln.

Ich las, daß ein Psychiater den Ulvi im „Verschwindungsfall Peggy" eher belastet hätte: Sein Geständnis sei so detailreich, weil es 1:1 die These der Polizei widerspiegele – und doch möchten einfach alle, und mit ihnen auch ich, daß der Ulvi – grad ob er's nun war oder nicht – endlich für unschuldig erklärt wird, so daß der Fall wieder geheimnisvoll ist.

Später joggte ich durch den Friedhof:
Eine Frau namens „Brigitte" mußte ihren Liebsten zu Grabe tragen, wie die Spruchbänder am frischen Grab verrieten.
Beim Joggen bewehte mich hi und da die Furcht, in eine vielleicht mißliche Lage zu gelangen: Daß mir mein Autoschlüssel, der lose an meinem Zeigefinger baumelte, in einen Gulli hüpft.
Da wäre ich wirklich von allem entblößt, und niemand wäre zuständig.

Zu später Stund lief ein Film, den ich mir ansah: Eine Katharina-Witt-artige, verzweifelte Frau, die ihre Tochter getötet hat, saß einer neutral agierenden Psychiaterin gegenüber.
Doch das neutrale Psychiatergebaren widerte mich an, und für einen kurzen Moment fühlte ich mich wie Til Schweiger, der ausrufen möchte: „Es ist das neutrale Psychiatergebaren, das mich so ankotzt!"

Donnerstag, 17. April

Zunächst schön sonnig,
doch am Abend wurde es wieder grau

Morgens ist das Leben z.Zt. leider nicht so besonders. Zwar küsst mich die Sonne wach, doch sie tut es unpersönlich, und schafft es auch nicht, mir die Energielosigkeit aus dem Gebein zu saugen, mit der ich mich immer so quäle.

Zum Frühstück versuchte ich das Unmögliche: Daß der „Hollywood" endlich mal meinen Stick erkennt und akzeptiert. Ich fühlte mich dabei sehr intelligent, und hinzu wie jemand, der ein Gespür für dererlei hat.

Ohne Internet bin ich doch wie ein gerissenes Strapsbändel vom Rest der Welt hinweggeschnellt.

Ming hatte ja gestern versprochen, daß man mich noch anruft.

Doch dies verspricht er oft und vergisst's, da für mich in Mings zur Rumpelkammer umfunktioniertem Kopf einfach kein Platz mehr ist.

Er sagt warm: „Bis nachher!" doch dann hört man nichts mehr von ihm.

Lediglich das süßeste Rehlein denkt immer an mich, und nun formierten sich auch brilliante Briefschreibeideen für Rehlein in meinem Kopf zusammen.

Ich hatte den Schwung gebündelt, ein drittes Mal in Folge einen Tag in Kassel einzulegen, und vielleicht ist am Donnerstag auch wieder der Herr Andrejtschischin zugegen - mein Engel.

Und über ihn psychologisierte ich Rehlein brieflich nun an: Der andere Herr erinnere an den Spielhansl, und Herr Andrejtschischin sei wie der heilige Petrus, der die Knöchelchen der verstorbenen Königstochter eben *richtig* angeordnet hat.

Der andere hat einfach nur *irgendwie* auf Proletenart die Ikone wieder aufgeladen:

Dann sagte er im übertragenen Sinne dreimal feierlich „Königstochter, steh auf!" doch es geschah nichts.

Allerdings hatte ich im Rahmen meiner Herumstocherei im „Hollywood" einen kleinen Schatz gehoben: „Mein Korea-Tagebuch" geschrieben vom süßesten Ming, und ich war gerührt!

Ich las es, und war gebannt.

Dann wiederum dachte ich mir, daß man das Abtrippeln des Tagespfades auch umbenennen könnte: „Die Suche nach kleinen Schätzen am Wegesrand".

Mit diesem Gedanken bewegte ich mich nun mit dem Läptop-Köfferlein zum Auto hin.

Erinnert diese Situation nicht haarscharf an jene von vor drei Jahren?

Drei Tage in Folge lief ich nach Art einer Arbeitnehmerin mit dem Läptopskoffer durch Kassel.

Aber strenggenommen erinnert es auch an die Zeit vor 9 Jahren, als Friedels klobiger Computer auf dem Tische stand, und nur in den seltensten Fällen kurz funktionierte.

Beim Gang zum Auto erwog ich direkt, einen Kaffee bei der Edith zu trinken, doch ich verbot's mir regelrecht, so wie ich mir manchmal verbiete Ming anzurufen, um mich nicht unnötig abzunutzen.

Strammen Schrittes marschierte ich zu „debitel" hin.

Aus dem Shop trat ein bepackter Puddingsmohr auf die Straße, der mich als Vorbeipromenierende gar nicht bemerkt hatte, und mich somit um Haaresbreite mit irgendetwas beschrammt hätte.

Er stieß einen Laut aus, den niemand verstehen konnte, und das Beätchen hätte ihm gewiss den Marsch geblasen.

Beim Betreten der Debitel-Filiale fühlte ich Mulm und Muffensausen, doch ich hatte Glück:

Mein Engel war da.

Meine Verfehlung war ihm bereits zu Ohren gestiegen, doch er lächelte, und meinte lediglich, ich dürfe den Stick nicht wieder deinstallieren.

Ich gab mich zerknirscht und einsichtig, und dann durfte ich ja schon wieder bis 17 Uhr rumtrödeln.

Wie schnell die Zeit verfliegt!

Im Internet-Café las ich Mails, doch „bloß" das süßeste Rehlein hatte zwiefach geschrieben, und es hieß, es habe eine Aufregung gegeben!

Immer wieder wird Buz aus seinem geruhsamen Seniorenleben herausgegabelt, und in den kochenden Kessel der OL*-Scheiße hineingeschleudert, und nun hatte Buzens Flug zwei Stunden Verspätung, so daß die schöne Reservierung für die Eisenbahn, die man ihm gebucht hatte, gegenstandslos wurde. Der gestresste Ming könne doch nicht schon wieder nachts um ½ 1 nach Oldenburg fahren!

*Die „ostfriesische Landschaft" in ihrem so erbärmlichen Kleingeist

Die Hauptsache aber wäre, Buz sei um 10 Uhr am Vormittag in Friedeburg.

(Von Ofenbach nach Friedeburg!)

Und der süße Buz freue sich doch schon so auf diesen Termin im Vorzimmer eines wichtigen Herrn, da der bezaubernde Buz sich immer so gerne nützlich macht!

Ich geriet auf einen interessanten Link:

Jemand vom FBI hatte eine Liste ausgearbeitet, woran man wohl einen Psychopathen erkennt?

Diese Liste leitete ich dem ebenfalls interessierten Ming weiter.

Man las vom Schiffsunglück in Korea, und ein Sohn besimste seine Mutti: „Falls ich Dir das nicht mehr sagen kann: Ich liebe Dich!" simste er, für einen Koreaner ungewöhnlich, da man im „Land der Morgenstille" mit Worten dieser Art zurückhaltend zu sein pflegt.

Wenn überhaupt sollten sie der zukünftigen Ehefrau vorbehalten bleiben, und außerdem möge man sie, wenn möglich, nicht öfter als *einmal* im Leben anbringen.

Doch dieser junge Herr konnte gerettet werden, und sollte die gefallenen schönen Worte somit nicht noch einmal in den Mund nehmen.

Eine hübsche junge Türkin, die von ihrem Papi einen Mercedes geschenkt bekommen hatte, fand den Tod auf der Autobahn, da sie auf ihrem Smartphon eine Whats-Aps-Nachricht angeschaut hatte, so wie einst das Lindalein, bloß mit herberem Ausgang.

Man las über den Putin und seine biegsame Alina, die wahrscheinlich auf die Art von der hübschen Nicole glaubt, ihr Vladimir sei ein bedeutsamer Mann, doch eines Tages merkt sie womöglich, daß es ja doch nur eine Variation vom Landschaftsdirektor Bärenfänger ist oder war.

Bei „teegut" kaufte ich mir einen Apfel.

„Ich danke Ihnen!" sagte die leider häßliche Valentina an der Kasse, eine junge Frau mit wässrigen, mattblauen und trübsinnigen Augen, und dies, wo ich doch eben darüber nachgedacht hatte, ob sich hier wohl jemals der langersehnte Märchenprinz für sie fände? Da sitzt sie nun schon seit mindestens drei Jahren an der Kasse und wartet drauf.

Sie wartet und wartet und ihr Gesicht wird länger und länger.

Oben im kuscheligen Tisch-Sitz-Eck in der Buchhandlung „Habel" war ich wohlig müd, und fühlte hinzu mein Beinrheuma. Ich las das Buch von Keigo Higashino „heilige Mörderin" weiter, und fand es sehr spannend. Hernach dachte ich mir selber einen Kriminalroman aus:

Wie eine depressive Frau die Stopuhrmethode betreibt. Sie denkt sich 10 Tätigkeiten aus:

Von „mild" bis „unglaublich", wobei die 1 die mildeste Tätigkeit verkörpert: beispielsweise: „Blumengießen", oder „Frisur richten". Sie betätigt die Stopuhr und schaut auf die Hundertstel-Sekunden: Kommt die „1", so muß man nur eine Kleinigkeit im Leben bewegen, doch bei der Null muß man sich auf den Weg machen, um jemanden zu ermorden. Jemand, den es gilt, endlich aus den marternden Gedankenbahnen eines anderen zu tilgen: Beispielsweise – und hier dachte ich an den armen Hans-Herrmann - eine Exfrau, die so viel unlöschbaren Groll aufwirbelt, daß einem anderen Menschen das ganze Leben vergällt wird.

Eine Tat, gut & böse zugleich.

Wäre dies nicht ein fesselndes Sujet für den nächsten Roman?

Da rief Ming an.

Ich senkte verschwörerisch die Stimme, da ich mich doch grad im Buchladen befand, und lief auf die Straße hinaus.

Doch neuerdings ist es leider so, daß es fast immer der falsche Zeitpunkt ist, mit Ming zu telefonieren, selbst wenn Ming selber anruft.

Im Moment z.B. mußte Ming seine Einkäufe im Bioladen abwickeln.

Buz habe sich – untypisch für ihn - zu einem Mittagsschlummer niedergelegt, und wieder versprach Ming, anzurufen.

„Bis später!" sagte er.

Ich selber stürmte nun zur Bibliothek.

Eine freudlose Russin beklagte vorn am Tresen die trostlosen Zustände in der Ukraine.

Sie könne nicht mehr essen und nicht mehr schlafen, erzählte sie der mitfühlenden mütterlichen Bibliotheksdame unglücklich.

„Danke" sagte sie freudlos und knapp, zu den hilflos vorgetragenen Osterwünschen, und entfernte sich mit erloschener Miene, so daß auch ich mich betreten fühlte.

Hernach hurtelte ich im Rahmen meiner Möglichkeiten zu „debitel" zurück.

Frohgemut hieß es dort zunächst, es sei gut gelaufen, doch nun hakte es schon wieder, (...hat ein Problem festgestellt) so daß sich Herr Andrejtschischin womöglich fühlen mußte wie ein Pianist, der emsig geübt hat, nun aber vor dem Flügel sitzt – im Saal das erwartungsfreudige Publikum – und vergessen hat, welche Taste man wohl zuerst niederdrücken solle? Alles hat er im Kopf, doch der Anfang, diese kleine Selbstverständlichkeit, ist ihm auf einmal entfallen.

Na, dann gings aber doch.

„Sie sind mein Engel!" sagte ich dankbar, doch das Kompliment perlte ab.

Dann ließ ich bei der Anna am Nebentresen mein Händi aufladen.

10,03 € sind nun drauf, so daß ich der Irma vielleicht doch noch ein paar Osterwünsche aufsagen könnte?

„Dann war´s ja allerhöchste Zeit!" sagte ich und suchte vergebens nach einer verbindenden Zustimmung im Gesicht meines Gegenübers.

Schließlich besuchte ich den Friedhof, um auf einer Bank zu dichten. Die Abendsonne wurde durch graue Tücher hinweggeblendet, und ein kühler Wind zog auf. Man sitzt auf dem Friedhof und denkt an den krebskranken Frank in Ratzeburg, der´s wohl leider auch nicht mehr lange macht?

Ich fuhr zum Rewe, um für den Karfreitag einzukaufen. Großer Unsinn mischte sich mit kleinem Unsinn.

Hi und da vermeinte ich, die Blumenkohlfrisur einer Frau Wyss aufleuchten zu sehen, doch es war stets eine andere.

Um Frau Wyss ist es still geworden.

Man müßte ja nur ein paar Schritte laufen, um zu schauen wie es ihr geht, und dennoch fühlt es sich an, als lebe sie weit weg, in Amerika.

Neben Kuskus-Salat kaufte ich auch noch Rosen-kohl und Mannerschnitteneis der Firma Cremissimo. Plötzlich erloschen einige Neonröhren, und davon wurde der beliebte Supermarkt ungemütlich bis zum Geht-nicht-mehr. Ein technischer Defekt, dachte ich, doch es handelte sich um einen Aufruf an uns Kunden „zu Potte zu kommen". Hessenweit würden die Rewes heut gründonnerstagsbedingt bereits um 20 Uhr schließen, und vorne an den Eingang hatte man zwei beherzte Supermarktsdamen hingestellt, die die Neuankömmlinge unter den Kunden auf Art von Dirk & Lübbke in Ostfriesland abfangen und wegwimmeln sollten.

So manch einer wurde zum besinnlichen Karfrei-tagseinkauf losgesandt und mußte mit leeren Taschen heimkehren. Plötzlich fühlte sich das Leben wieder an wie früher, als man noch mit den Schließungszeiten im Wettlauf stand.

Daheim gönnte ich mir Curry-Ramen, und tatsäch-lich: Ich war wieder im Internet.

„Meine Enkelin Nr. 2" betitelte Ulla Tauche eine Mail, und hatte ein kleines Brieflein dazugeschrieben: Nach zwei Stunden war sie da! Daheim geboren. Fotos waren auch angehängt, und ich fand die Kleine süüüß.

Ich schaute „Menschen hautnah" und lernte eine steinalte Frau kennen, die bei den Zeugen Jehovas ausgestiegen war und nun irgendwie ganz rat- und orientierungslos wirkte. Ihre Tochter, die den

183

Zeugen Jehovas bereits vor vier Jahren den Rücken zugekehrt hatte, kam zu Besuch und machte Worte dieser Art: Daß sie ihre Mutter erst jetzt richtig kennenlerne!

„Ich dachte mir: Die Frau willste kennenlernen!" sagtse.

Ganz spontan schrieb ich dem Beätchen einen kurzen Brief: Ich erinnerte daran, daß das Jennylein heute Geburtstag habe, und zitierte aus dem Brief von vor 39 Jahren, der uns in Japan ereilte, und von Jennyleins Ankunft kündete.

Freitag, 18. April

Äußerst aprilös mit Betonung auf Grau.
Abends ein kurzer Duschregen

Ich hing Gedanken über den Omar nach, der mit seiner neuen kleinen Familie in einer schmucken Wohnung mit sahneweißen Wänden in Esslingen sehr im Glücke lebt.

Immer wieder unternimmt man etwas Nettes – z.B. einen Besuch im Eiscafé auf dem Marktplatz.

Dann überlegte ich mir, wie eine normale, verruchte Frau, wie beispielsweise das Uschilein in Coesfeld, an meiner Stelle wohl, *im Nachtgewand beim Schröder schellt, um höflich zu fragen, ob sie sich ein wenig in seinem Bette wärmen dürfe.*

Dann liegt man gemeinsam im Bett und führt ein völlig unverbindliches und der Situation unangemessenes Nachbarschaftsgespräch.

„Jetzt liegen wir so zusammen und siezen uns!" sagt die normale Frau, die zur Sache kommen möchte.

„Das ist mir auch ganz recht – denn mit den Frauen bin ich so ziemlich durch!" sagt der Schröder, und benützt hierfür Worte von Thomas Mann, die in dieser Form jedoch unentdeckt bleiben.

„Außer natürlich im Bett", ergänzt die normale Frau „wissend".

„Das haben jetzt Sie gesagt!"

Dann erhob ich mich, und sah richtig süß aus. Sogar die Billig-Frisur schien mir plötzlich zu stehen, und ich wäre so gern gesehen worden.

Ich rief die Ulla an, um persönlich zur kleinen Carla zu gratulieren.

Die Ulla hatte schon zuende gefrühstückt, und zwengs dem Baby riet sie mir, einfach mal hinzugehen und zu schellen.

„Meinst du, die freuen sich?" frug ich auf Art Buzens.

„Pfff…was heißt denn „freuen"? Weiß ich nicht!" sagte die Ulla ganz trocken. Doch ich weiß ja, daß sie ein Herz aus purem Gold hat, und nahm´s ihr nicht krumm.

185

Einen schönen Karfreitag wünscht man sich ja nicht, denn an diesem Tag soll man Buße tun. Etwas, das ganz neu für mich war. Doch die Ulla hat es nicht so mit der Kirche, und geht nur ganz manchmal hin, wenn was mit Musik ist.

Das Beätchen hatte geschrieben, und hinzu sehr nett: Nein, an den Brief von damals erinnere sie sich nicht mehr. Auch nicht daran, daß das Jennylein als Mädchen auf die Welt kam.

Leider hat das Beätchen nach wie vor die schlimmsten Probleme mit ihrer Schulter, und kann kaum tippen.

Später fiel mir etwas ein, das man dem Beätchen tippen könnte:

„Und der Hartmut hatte ein Schnüpfchen!"

Nein. Ob er wirklich ein Schnüpfchen hatte, weiß ich gar nicht. Ich weiß nur, daß die Omi die Kranken und Gemarterten unter uns oftmals mit diesem Einwurf zu trösten suchte. Z.B. als dem Onkel Eberhard mal eine pampelmusengroße Geschwulst aus dem Oberkiefer entfernt werden mußte.

Nein. Dies alles schrieb ich zur Stunde noch nicht, doch auch ohne erst losgetippt zu haben, inspirierte mich das Beätchen von der Ferne, und mir fiel noch etwas ein: Daß ich in meinem Börsel ständig ein goldiges Babyfoto vom Jennylein mit mir herumtrage: Es begleitet mich seit Jahrzehnten, und zücke ich mein Börsel, so kann´s zuweilen passieren, daß jemand ausruft: „Ein Enkelchen?" Früher sagte man: „Ihr kleines Kind?" und ganz früher: „Ein kleines Geschwisterchen?"

Ich kochte mir zwei Eier, und stöberte im Internet ohne wirklich auf einen Pfad zu gelangen.

Dann geriet ich auf eine Seelsorgeseite und vertiefte mich interessiert in fremde Schicksäle:

Eine gestresste Frau, Jahrgang 78, beklagte sich über ihre Omi, mit deren Pflege die Enkelin heillos überfordert sei. Die alte Frau sage zuweilen Gemeinheiten, doch wenn das Pflegepersonal da ist, so sei sie die Freundlichkeit in Person! Dann hofft man immer unverhohlener, daß man dieser Last bald enthoben sein möge, und wirklich gemein wär´s, ich würde nach Fraukenart schreiben: „**Glaube mir: Diese Gefühle kenne ich!**

Meine Omi war bereits mit 68 so, wurde dann allerdings allen Unkenrufen zum Trotze 97 Jahre alt – und starb schließlich durch Mörderhand. (Meine)"

Sofort gäbe es ein Losgegacker unter den Entrüsteten.

Bei „Allmy" sitzen auch immer so dumme Leute. Einer eröffnete einen neuen Briefbandwurm über den Doppelmord von Babenhausen, und schrieb über den alten: „Das ist so ein Kuschelthread in dem nur unkritische Befürworter geduldet sind."

Wie soll man das verstehen? Jemand wird des Mordes verdächtigt, war es aber nicht – und dann solle man dessen Unschuldsbezeugungen nicht so unkritisch sehen? Das bedeutet doch wirklich nur, daß er in seiner gönnerhaften Logik den armen Familienvater Andreas D. für schuldig oder zumindest teil- oder als potenziell schuldig erklärt?

Das Wetter schlug Kapriolen:

Es näherten sich feuchtgraue Wände, und wenn sie sich verzupft hatten, so strahlte schon mal die Sonne. Es zeigten sich sahneweiße Packeiswolken – und dann war´s wieder ganz grau.

Ich genoß es unendlich, allein zu sein.

Im Haus war´s ziemlich still, doch als ich mal zum Auto ging, hörte man oben Schritte, und einmal fuhr die Michaela vorbei.

Dadurch, daß ich ja jetzt ein Kassler Kennzeichen am Auto habe, wundert sich niemand mehr, wo ich wohl abgeblieben sein könnte?

Die Ulla rief mich am Vormittag nochmals an, weil ihr die Idee gekommen war, daß man mich am Sonntag nach dem Gottesdienst zum Mittagessen bitten könne.

„Ach, ihr geht in den Gottesdienst?"

Doch handelt es sich dabei lediglich um den Gottesdienst in Ahlen, wo der Mathias ehrenamtlich zu orgeln pflegt, und mit der Kirche hat die Ulla wenig am Hut.

Ich tippte eine Mail an Herrn Pape, und machte dem entlegenen Ort „Oese" ein Kompliment:

Daß man es sehr gut verstehen könne, daß die Halbschwester lieber dort wohnen möchte als im fernen Vermont.

Nach einer Weile hatte ich alle Übpunkte abgeübt und somit E-Mailereien auf der Ausloseliste freigeschaufelt.

So richtig in Glut geriet ich dabei nicht. Ich schrieb eher knapp.

Dem süßen Ming schrieb ich: „Jetzt gehe ich joggen, auch wenn sich eine feuchtigkeitsdurchsogene dunkelgraue Wolke über unser Heim gestülpt hat, und „schöne Grüße aus Ostfriesland" zu übermitteln scheint."

Dann schrieb ich Ute Bott, Susanne Dieudonné und bin jetzt an einem Brief an die Veronika dran. Nach drei Minuten wiederum war bereits die 45-Minuten-Grenze erreicht, und nun joggte ich los.

Beim Schuhezubinden bemerkte ich Schröders Sillhouette im Flur und geriet in Verlegenheit, so daß ich mit Fleiß etwas langsamer agierte, um ihm einen Vorsprung zu gewähren.

Ich rannte, spürte den kühlen Wind, und als ich zurückkehrte, war das Himmelszelt von einem riesengroßen, mehrlagigen tiefgrauen Wolkenteppich bedeckt.

Kaum war ich daheim, da drehte Petrus den Duschhahn auf – allerdings nicht sehr lang.

Abends schaute ich einen Film mit dem Namen: „Das Wunder von Kärnten":

Ein 4-jähriges Mädchen lag leblos im Teich, als die gottesfürchtigen Eltern sich soeben für die Kirche zurechtsattelten.

......eigentlich war das kleine Mädchen offiziell bereits ertrunken, doch einer der Ärzte gab nicht auf, und heute arbeitet das mittlerweile zu einem jungen Fräulein erblühte kleine Mädchen wieder auf dem elterlichen Bauernhof und hat, grad wie in einem schlechten Roman, keinen Schaden zurückbehalten.

Ein wilder Medizinkrimi, (auf einem wahren Fall basierend) der den Rezensenten so aufgewühlt hat, daß nun ein Würfel mit einer 6 neben dem Filme stand (volle Punktzahl. Besser geht nicht.) –

Und damit dieser, unter die Epidermis gehende Film auch gescheit gestreckt und gewürzt würde, gab es auch noch einen Seitenzweig um einen arroganten Politiker, der sein leichtes Herzrasseln, das sich ihm als Vorbote des Todes darstellte, zuerst abgeklärt zu haben wünschte - und auch der Chefarzt war so bleeeed!

...doch als die wundersame Errettung des kleinen Mädchens als „Wunder von Kärnten" in die Geschichte einging, und der edle Retter womöglich im Vatikan für die Heiligsprechung empfohlen wurde(?), beanspruchte der Chefarzt, der doch gar nichts gemacht, und die Wiederbelebungsversuche nur behindert hatte, den ganzen Ruhm für sich allein.

Samstag, 19. April

Wechselhaft – doch meist sonnig
und nur zuweilen ein wenig graumeliert

Ich erhob mich, obwohl ich wie alle Tage ersteinmal Mühe hatte, mich in den Tag hineinzufädeln.

Mathias Tauche hat recht: Ein jeder ist ein „Lied in seiner eigenen Sprache", und dieses Lied, das man offenbar ist, hat auch sein eigenes Zeitmaß, und bei mir scheint es sich dabei um ein simples „Moderato" zu handeln, mit dem man sich abfinden sollte, denn man kann eine Schildkröte nicht in einen Wiesel verwandeln.

„Ich nähere mich jenem Tag, wo ich zum Osteressen eingeladen bin!" dachte ich böhmert*artig und kam nicht so recht in die Gänge. Und das Osteressen fühlte sich an, wie eine finale Nische an meinem Lebenspfad, in der ich stecken bleiben würde.

*Böhmert: Ein Herr der sich auf den Opa verbissen hat. Er behandelte den Opa wie einen Heiligen, schickte ihm unentwegt Verehrerbriefe, und auch all seine Korrespondenzen, z.B. den Brief an seinen Vater zum 75. Geburtstag.

Diesem schrieb er:

„Mit 75 Jahren näherst Du Dich Deinem 80. Geburtstag!"

Zum Frühstück rief ich in Aurich an.

Das Julchen meldete sich auf schwäbisch, und ich fand das so nett, überraschend und verbindend.

Buz sei bereits wieder weg, erfuhr ich wenig später von Ming.

„Habt ihr euch überworfen?"

„Naaain!" ← lachend und fröhlich ausgesprochen, während ich doch immer wieder von der Sorge bepiekst werde, der Einkanalige könne das Pröppilein überfahren haben.

Ein Asperger-Kranker würde in diesem Falle sagen: „Wiesooo? Da kann man doch ein neues Kind machen! Wo liegt das Problem?"

Stattdessen erfuhr ich jetzt nur Gutes: Daß Buz jetzt wieder <u>wirklich</u> gesund sei, und der Herr bei dem er vorgesprochen habe, der sei sehr nett! Hurra, letzteres nahm ich zwar noch am Rande zur Kenntnis, doch wenn es meinen Eltern gut geht, so ist für mich die Welt in Ordnung.

Im Zentrum des Telefonats stand das süße Pröppilein, das inzwischen so viel sagen könne: z.B. „Butter", und zu diesen schönen Worten habe das Pröppilein ein Küßchen für mich auf das Telefon gedrückt.

„Sie zeigt ihre Wertschätzung!" sagte der süße Ming freudig gerührt.

Buz flog zu diesen Worten Mings bereits über den Wolken gen Ofenbach, und nach Art eines Ratlosen, der Unkraut zupft, löschte ich an überflüssigen Dateien herum, die den Hollywood zum Erlahmen gebracht haben. Sogar Pröppi-Fotos löschte ich hinweg – die hat man ja alle irgendwo, tröstete ich mich.

Doch selbst wenn man sie nicht irgendwo hätte, so weiß der Erfahrene, daß man ja praktisch nie Zeit findet, z.B. Friedels Schafsbilder anzuschauen.

Denkste! Ausgerechnet *diese* Bilder, die von allen bespöttelt werden, löschte ich nicht hinweg, da sie mir etwas bedeuten.

Bei meiner Auslose-Methode kamen heut früchtebröterne Randtätigkeiten zum Zuge, die ein normaler Mensch wohl kaum in Angriff genommen hätte: z.B. dem Suschen (meiner Kusine) mit einer fast 7-monatigen Verspätung einen Geburtstagsbrief zu tippen.

Man kennt ja bloß das Feiertags-Suschen, und nun aber bemailte ich womöglich eine strenge junge Anwältin, die in ihrem Kopf - angefüllt mit wichtigen Aktenpapieren – erst einmal nach einer älteren Kusine graben muß?

„Für Dich" schrieb ich so nett als Subjekt, damit die kleine Mail nicht einfach so, und ungelesen an den Onkel Hartmut weitergeleitet würd?

Dem Beätchen schrieb ich auch, und brachte die geplanten Passagen über Hartmuts Schnüpfchen an.

Doch zuvor schrieb ich noch, daß das mit ihrer Schulter so besonders ärgerlich sei, dieweil sie doch so viel mit ihrem Leben anfangen wollte!

Sie sei ja das fünfte Kind, begann ich zu philosophieren, „und das fünfte Kind hätte ja nun wirklich nicht mehr sein müssen."

Thomas Mann wenige Jahre vor der Geburt seiner Tochter Monika im Jahre 1910: „Wenn noch ein fünftes hinzukommt, übergieße ich mich mit Petroleum und zünde mich an!" ← und bei dieser Passage fühlte ich mich so gebildet.

Dann schrieb ich dem Onkel Eberhard, dessen Spur sich für uns ja so quasi verloren hat.

Ihm schrieb ich, daß man manchmal wünschte, er säße bei uns am Tische, so daß man ihn noch ein wenig genießen könne, bevor das Alter nach ihm greift.

„Kaum tippe ich Dir, da schaltet mein Hirn schon auf „Drama"," schrieb ich lachend.

Die ganze Zeit spürte ich mein Bein-Rheuma, und das schöne Wetter war von grauen Wolkenstaubwedeln hinweggewischt worden.

Beim Üben fühlte ich mich ein wenig so, als würde ich Straßenmusik betreiben. Ich stand am Fenster, und hoffte im Geiste, von gelegentlich Vorbeipromenierenden, einen Euro zugesteckt zu bekommen.

Über den Onkel Hambum hatte ich beim Telefonat mit Ming ja auch gesprochen.

„Der Hartmut ruft dich jeden Tag an?" staunte Ming, und ich walzte folgendes Thema aus: Wie man sich für seinen Lebensabend beizeiten eine gute Haushälterin heranzüchten sollte, denn was, wenn man plötzlich von seiner Frau hinausgeworfen würd? Zu diesen Worten schaute ich auf das jubilierende Pröppilein auf meinem Desktop drauf.

Ich begoogelte Helmut Schmidt, und stellte fest, daß er ein Geburtstagsnachbar von unserem süßen kleinen Pröppilein ist.

Zuweilen las ich in Rehleins so farbigem und lebhaftem Türkei-Report, und fühlte direkt die Kälte des Regens, die darin beschrieben wurde.

Dann wiederum stand ich am Fenster, und übte eine Sonate in A-Dur von Mozart ein.

Eine barmherzige gute Frau fuhr ein uraltes Knochengestell im Rollstuhl vorbei, und einmal sah ich die Freundin vom Janosch.

Sie heißt „Lisa", wie ich weiß, denn an unserer Garage ist ein ♥ mit der Inschrift „J & L" zu sehen. (Janosch und Lisa – zwei junge Leute, die sich verliebt haben.)

Doch glaubt ihr, sie hätte einen Blick für mich als Geigende am Fenster gehabt?

Ich betrachtete sie genau, da sie ja womöglich eines Tages meine Schwiegerobermieterin wird, mit der es gilt, den Rest des Lebens zu verbringen, und stellte eine gewisse Ähnlichkeit zu meiner Kusine Elisabeth fest – zumindest die graden langen Haare erinnerten daran. Sie stak in knapp sitzenden Pellwurstjeans, eine Gesäßtasche von einer Packung Cigaretten ausgebuchtet, die beim Vorbeugen etwas entblößte Rückenfläche, und hinzu den Poritzenansatz freilegte, und das junge Paar bestieg das schicke dunkle Auto, daß sich der junge Schnösel von seinem Erbe gekauft hat.

Ob auch er das Asperger-Syndrom hat, frug ich mich – da er immer so wirkt?

Überall ist alles mit gelben Sumpfdotterblumen erblüht, und nach dem Umrundungsbäumchen scheint man in ein Postkartenidyll hineinzurennen.

Daheim begrüßte ich den Schröder, beim Mähen in einem Meer aus sprießendem Gras und gelben Blümchen, mit einem Handschlag. Sogar auf mein neues Kennzeichen wurde die Rede geschwenkt. Stolz erzählte der Schröder, daß er sich Kennzeichen so leicht merken könne.

Sein Mitteilungsdrang sprudelte, und riß gleich mehrere Themen mit: z.B., daß sein Sohn das Verlängerungskabel verbaselt habe.

Kein passender Nachbar für die Bea wäre dies somit.

Ich verließ das Haus zum Rewe.

Extra um den Schröder zu umschiffen – nicht, weil ich ihn nicht mag, sondern bloß aus Verlegenheit, und um mich als vermeintlich liebeshungrige

Nachbarin nicht gar zu sehr abzunutzen, benutzte ich den anderen Ausgang, und dann begegnete ich ihm ja extra.

Ich rief ihm ein Kompliment über das duftende Gras zu, und der Schröder hatte es auch bemerkt, und freute sich daran.

In meiner Hand hielt ich einen kunstvoll gestalteten und liebevoll mit schönsten Briefmarken frankierten Brief, so daß man sehen konnte, daß ich noch zum alten Schlage gehöre.

Ein Brief an Rehleins Freundin Ulla Laban, der allerdings freitagsgemäß nun ein paar Tage im Briefkasten vor sich hinschlummert, bevor er endlich mal freudig zur Hand genommen wird.

Vor dem Rewe war einem Herrn ein Mallheur passiert: Mehrere Flaschen Bier lagen in ihrem Blute auf dem harten Boden vor dem Portal.

„Weil ich so blöd war..." erklärte der von seiner eigenen Blödheit so unschön bewatschte Herr seinem kleinen Söhnchen.

Ungeschickt hatte er die Kiste auf den Einkaufswaggon gestellt gehabt, so daß Rehlein, Ming oder Julchen über so viel puren Unverstand womöglich die Hände über dem Kopf zusammengeschlagen hätten.

„Einen mitleidigen Blick könnte er jetzt womöglich nicht ertragen!" dachte ich noch, und bemühte mich drum, neutral auszusehen, und gleichzeitig das herzliche Gefühl zu vermitteln: „Dies hätte doch wohl einem Jeden passieren können!" wie es eben Hessenart ist.

(Ein Satz, wo sich ein Schwabe wiederum an den Kopf greifen möchte!)

„Eine zweite Erde entdeckt!" las man als BILD-Überschrift.

„Endlich!" denken viele – ich aber nicht. Ich dachte überhaupt nichts, höchstens, daß die womöglich viel zu weit entfernt sei, als daß man sich hier groß drüber freuen könnte, denn sonst hätte man die doch wohl eher entdeckt?

Als mir eine Dame im Zeitschrifteneck den Weg versperrte, wartete ich still und geduldig, um ihrem aufgescheuchten Entschuldigungsgestammel wenig später mit einem Lächeln zu begegnen.

In einem Journal las man, daß Liliana Matthäus in New York wegen Kreditkartenbetruges festgenommen wurde. Sie benützte einfach die Kreditkarte ihres Ex-Lovers weiter, um sich ein Leben in Saus und Braus zu gönnen. Jetzt aber verdächtigt sie den Exlover verärgert, ihr eins auswischen gewollt zu haben, und Lothar wiederum sagt: „Dies alles überrascht mich nicht!"

Auf Facebook hat sie zwar immer wieder Fotos gepostet, aber ein großartiger Auftrag als Moddl war dahinter nicht zu erkennen.

Dann fuhr ich heim.

Zum Tee schaute ich „Mona-Lisa".

Man sah daß die Fürstin Gloria von Thurn und Taxis, leider ganz dicke Beine bekommen hat, und im Gegenzuge dazu ein kleines geschrumpftes Gesicht: Millionenschwer!

Dann kam überraschend ein netter Brief vom Onkel Eberhard, der sich sehr wunderte, daß ich nach Grebenstein gezogen bin. Pikanterien aus seinem Leben verriet er jedoch nicht. Ich erfuhr lediglich, daß das Ehepaar einen sehr lieben und gescheiten Sohn „zusammenbekommen" habe.

Hernach rief mich der Onkel Hambum an.

Der Hambum versuchte, dem regentrüben Bildnis, das ich nach den letzten Begegnungen von ihm haben dürfte, entgegenzuwirken, indem er erzählte, daß er sich heute schon so über das schöne Wetter in Münster gefreut habe. Über die Letizia erfuhr ich, daß ihr Po einen Meter lang sei. Sie zog in eine feine Gegend im Vatikan: In Papstesnähe.

Leider sei die Letizia leicht behindert, und so kann man eben auf Dauer nicht alleine leben.

Der Onkel stürzte unlängst die Treppe hinab und zog sich eine unschöne Blessur zu: Eine klaffende Fleischwunde am Daumen, die verbunden werden mußte, und eine Prellung im Bauchraum, so daß er nachts nur noch auf einer Seite schlafen könne, und schon kann man nicht einmal mehr ausrufen: „Und der Hartmut hatte ein Schnüpfchen!" weil's ja der Hartmut selber ist, dem dies widerfuhr.

Ich schaute einen Film mit Maria Furtwängler, die als erfolgreiche Anwältin einfach fremdging, und zwar pikanterweise mit dem Anwalt der Gegenpartei. Man traf sich während gischtendem Sturm auf der Insel Amrum, und eigentlich war sie ja mit dem alternden Michael Mendel verheiratet. – Na, das gab natürlich einen Tango! Auf einer Buchpräsentation flog alles auf.

„Es geht nicht um Alex. Es geht um uns!" ← Ein *dummes Zeug* wurde da zusammenschwadroniert!

(Und so etwas schaue ich mir an??!)

(Oster-)Sonntag, 20. April

Meist sonnig, wenn auch mit weißen Wölkchen besprenkelt. Abends, nach der Lindenstraße hatte sich eine feuchtgraue Wolkendecke über den Himmel gezogen, die allerdings noch immer transparent war, so daß die Sonne durchschimmerte, was wieder diese sagenhafte Beleuchtung zur Folge hatte, die es nur in Grebenstein gibt.
Regenbesprenkelungen

Am Morgen fühlte ich mich im Bett sehr wohl. Mein Beinrheuma schien etwas nachgelassen zu haben, und dabei hatte ich Omi Birgit gestern im Geiste bereits eine Mail verfasst: Jetzt sind wir wieder „Genossinnen": Mein Weichteilrheuma ist zurück! Den ganzen Tag Schmerzen erduldet.

Nun aber erhob ich mich in einen Tag hinein, der für die Gretel in mir direkt aufregend zu werden versprach, denn die Gretel sehnt sich danach „eine der ihren(?) zu sein": Ein Mittagessen bei Ulla Tauche, zu welchem nach dem Ostergottesdienst Mathias und Heike herbeireisen würden. Und für diese feine Mahlzeit in Gesellschaft plante ich nun einen Großkampftag in der Badewanne ein.

Die Ulla duftet immer so schön, und wenn ich vielleicht muffel, so lädt man mich womöglich nie wieder ein! bangte ich, und auch einen Haupthaareswusch kam zum Zuge.

Den Hunger bewahrte ich mir auf.

Dann saß ich in der Wanne und ließ mich vom heißen Wasser beprasseln.

Die Zeit schien zum Stillstand gekommen.

Ich entdeckte eine Schatulle mit Trauerpost zu Omis Ableben.

Einer der unzähligen Briefe zu Ehren eines erloschenen Lebenslichts kam von Herwig & Renate Menzel, die mit Buzen gar per Du sind, wie man nun lesen konnte. Sie hatten einen richtigen kleinen Topflappen mit lieben, anteilnehmenden Worten zusammengehäkelt und schrieben: „Lieber Wolf!", und nun stellte ich es mir erregend und interessant vor, dort zu klingeln und zu behaupten, dieser Brief sei erst heute angekommen! Irgendjemand habe ihn *jetzt* erst in den Briefkasten gelegt, doch wer?

Inzwischen ist´s Renate ja auch ein Pflegefall, und dies stimmte mich plötzlich so traurig, daß ich am liebsten geweint hätte.

In der BILD las man, daß der Prozess von Debra Mielke* neu aufgerollt würd: Das bedeutet: Fußfessel weitertragen, absolutes Alkoholverbot, und nach 21 Uhr darfse das Haus nicht mehr verlassen.

*Eine amerikanische Mutti in der Todeszelle. Sie stand unter Verdacht, zwei Auftragskiller auf ihren 4-jährigen Sohn angesetzt zu haben, der ihr bei ihrem lotterlichen Leben sehr im Wege war.

Der böse Sheriff Soldate, der in der Zwischenzeit mit Blick auf die ewige Verdammnis, versucht hat „gut" zu werden, hat inzwischen zugegeben, daß er damals gelogen, und das angebliche Geständnis frei erfunden hat.

„Es gibt keine Entschuldigung dafür. Höchstens jene, daß es der Vormieter in meinem Körper war, der sich diese abscheuliche Sünde erlaubt hat."

„Gelogen aus purer Bosheit!" schreiben die Zeitungen erschüttert.

Jetzt aber fuhr ich zur Ulla, und wurde an der Türe von Schwiegertochter Heike mit ihrem spitzen Näschen an einem kleinen Eierkopf, von welchem eine modisch gewellte Frisur herabfließt, begrüßt.

Betritt man das Grundstück, so geht ein Vogelgezwitscher los, eine Art „Bewegungsmelder", der von der Ulla als köstlich empfunden, von ihrem Sohn Mathias indessen nicht ertragen wird.

Etwas, was man kaum glauben kann, denn der Mathias legte eine kindische CD mit kindischen Osterliedern ein, die wiederum die Ulla nicht ertragen konnte, da sie keine Schlager mag, die ihr eben schlicht zu schnulzig sind.

In der Küche begrüßte ich mich mit der Ulla, die schon so emsig arbeitete, und liebevollst den Tisch gedeckt hatte.

Im Kuscheleck vor dem Flügel saß der dicke Mathias und krispelte an seinem E-Book herum, und auch von ihm bekam ich eine Umarmung und ein liebes kostbares Lächeln.

In der Küche schaute ich mir die Smartphone-Bilder von der kleinen Carla an, und nach einer Weile setzten wir uns zu der österlichen Mahlzeit nieder.

Der Mathias wirkte etwas – na, „verstimmt" kann man nicht sagen – eher vielleicht so, als würde er sich auf Buzesart *zu* wohl bei seiner Mutter fühlen. Er schenkt ihren Worten keine Beachtung, und verharrt einfach, in den Sitz hineingeflezt auf dem Sofa, wenn zum Essen getrommelt wird.

Letztendlich setzte er sich jedoch auch an den gedeckten Tisch, die Ulla sprach ein feierliches Gebet, und wir erfuhren, daß der Mathias so gerne Pastor geworden wäre.

Na, dies hätte doch wirklich perfekt gepasst, dachte ich.

„Ich wäre auch gerne Pastorin geworden, doch es paßt nicht zu mir!" sagte wiederum ich.

„Warum?"

Jetzt hätte man natürlich ausufernd losschildern können, warum.

Weil es mir peinlich wäre, im schwarzen Talar Frömmigkeiten von mir zu geben.

Doch warum wäre ich dann gerne Pastorin geworden?

Mit einer unbedachten Aussage hatte ich mich somit auf´s Glatteise begeben.

Mir gefällt es, einen Beruf auszuüben, der eigentlich nicht nötig wäre, und eher auf Simplizität und Einfalt aufgebaut ist – wie auf einem kunstvollen Gemälde oder in einem bewegenden alten Buch. Ich gehe gerne auf 90. Geburtstage, führe Trauergespräche und moderiere Beerdigungen.

Hochzeiten und Taufen reizen mich hindess weniger.

Die Ulla hatte mir so rührend ein Körble mit Ostereiern zusammengebastelt, das nun neben meinem Gedeck stand.

Um von dem sensiblen Pastorenthema hinwegzumodulieren erzählte sie, wie zwei Buben sich gekloppt haben. Der eine zückte eine Pistole, und die Ulla trat beherzt auf ihn zu, um diesem Unfug Einhalt zu gebieten. Heut ein dummes Spiel – und morgen schon Realität?!? Selbst jetzt, beim Nacherzählen bekam ihre Stimme einen fauchig-verständnislosen Beiklang.

Eine Nachbarin mit einem weißen Schal voller roter Kußmünder huschte geschwind herein, und das Lustige war: Als es klingelte, sang die Piepsstimme auf der CD grad: „Es ist der Osterhase, es ist der Osterhase, der dir etwas schenken will!" Und tatsächlich bekam der Mathias, der sich als Computerkundler oftmals nützlich zu machen pflegt, ein verpacktes Osterpräsent überreicht, und auf dem Sofa lag auch noch ein Geburtstagsgeschenk von Mutti Ulla für den Mathias: Drei Hemden der Größe XXL.

Ich erfuhr, daß der Nils abgenommen habe. Doch hernach bekam er Schmerzen im ganzen Körper, die er auf den Gewichtsverlust zurückführte.

Die Heike spricht MS-bedingt leider etwas undeut-lich, und mit dieser undeutlichen Stimme erzählte sie mir nun die Dramen ihrer Familie: Ihre Mutti habe panische Angst vor Hunden, denn wegen einem Hund hat sich mal ein kleines Kind das ihr anvertraut worden war von ihrer Hand losgerissen und wurde von einem LKW überrollt. Und ihr Bruder lebt ja auch schon nicht mehr.

Er habe sich was angetan.

Für Onkel Dölein scännten wir die Einladung zum Hochzeitsessen von Opas Eltern ein, und die Ulla scännt immer mit so viel Hingabe.

An der Wand im Arbeitszimmer hängt ein kunstvollst gezeichneter Stammbaum der Familie, und für einen kurzen Moment hatte ich gedacht, die Ulla habe den eigenhändig gezeichnet. Doch man kann dererlei im Internet bestellen, und die Ulla hatte nur mit ihrer schönsten Schrift Namen, sowie Geburts- und Sterbedaten eingetragen.

Dann fuhr ich heim.

Kein Arsch hatte wieder geschrieben, und ich suchte jene Mail hervor, in welcher Onkel Dölein so beharrend schreibt, daß die Hochzeit im Jahre 190**7** stattfand: Er hätte es dem Stammbuch entnommen. Beamtlich beglaubigt und bestempelt!

Somit kann man es als Returkutschelei meinerseits auffassen, ihm dies Beweisstück nun zu schicken. Grad so, als könne ich es nicht erwarten „das dumme Gesicht zu sehen".

Und muß man nicht drum bangen, daß sich daran ein familiärer Zwist entzündet?

Nach der Joggerei gab ich meinem Herzen einen Stoß, und schaute bei den Wyssens vorbei.

Eigentlich müsste Hausherrin Renate bei dem schönen Wetter doch im Garten sitzen, doch da saß gar niemand, und um die Wyssens ist es leider still geworden.

Zunächst schien niemand daheim zu sein, doch dann knarzten ja doch Schritte herbei: Familienoberhaupt Günther war's! Mit einem Lächeln wurde ich in die Küche gebeten, wo die Renate am morgigen Fest-essen für 11 Personen bastelte: Riesige Fleisches-inseln standen bereit.

„Ich bin hierher gezogen! Wir werden gemeinsam alt!" durfte ich fröhlich verkünden, und erinnerte mich dabei an Ute M. und ihre schlichte Fröhlich-keit, die sie immer mit sich herumträgt.

Auf dem Tische lag die BILD am Sonntag, die ich interessiert durchblätterte.

Gleich auf Seite drei sah man den Bischof Tebartz mit einer lachhaften Dreikäsehoch-Frisur beim frömmelnden Gebet.

Ich erzählte vom Onkel Hambum:

Wie er die Treppe hinabstürzte und sich eine unschöne Fleischwunde am Daumen zuzog, und Omis Tröstungsspruch: „..und der Hartmut hatte ein Schnüpfchen!" in diesem Falle wohl schwer anzubringen wäre?

Einmal sagte die Renate etwas Ruppiges:

„Red nicht so ein dummes Zeug!"

Und somit sprachen wir kurz über den „ruppigen Umgangston".

„Zum Michael* warst du auch immer so ruppig!" erinnerte ich.

*Renates unehelicher Exschwiegersohn und Erzeuger einer Enkelin.

Vorhin sei er ja dagewesen, um die kleine Berenike abzuholen, und auf ihn reagiert die Renate wirklich allergisch.

„Muß ich nicht haben!" sagte sie unwirsch, und verschwand kurz in der Speisekammer, während ich noch dran erinnerte, daß er sehr gut Kinder gemacht habe, und so wäre es vielleicht ratsam, ihm wenigstens eine kleine Besenkammer in ihrem Herzen freizuräumen?

Doch die Renate pfeift auf dererlei.

Jünther kochte Kaffee, und für mich ist die Familie Wyss so etwas wie eine Luftmatratze, die einem auf hoher See angeboten wird. Etwas zum Festhalten.

Nach einer Weile gingen zumindest wir Damen in den Garten hinaus, da die Renate „eine rauchen" wollte, wie sie so sagt.

Schon auf dem Wege dorthin vernahm ich Schockierendes: Schwiegersohn Sigi, 52 Jahre alt, liegt im Krankenhaus. Blasenkrebs! Er bekam einen künstlichen Blasenausgang, und nun bestünde auch noch Verdacht auf Wirbelmetas, und wenn sich dieser Verdacht bestätigt, so könne man dann nichts mehr machen.

Und dann bekam er auch noch eine Trombose!

Früher war er nie im Krankenhaus, und die Renate berichtete, wie man ihn am Vormittag besucht habe.

„Unsereins hat mit einer simplen Blinddarmentzündung begonnen!" habe sie anstelle einer Begrüßung vorwurfsvoll gesagt.

Zum Glück habe sich der Gemarterte seinen guten Humor bewahrt, fuhr die Renate in ihrem Bericht fort.

„Ich wollte es gleich richtig machen!" habe er gescherzt.

Das Thema verbog sich in andere Ecken, und wieder erzählte ich vom Onkel Ebi: So lange hatte Funkstille geherrscht, und nun habe er gestern geantwortet.

Die Renate erzählte, daß ihr die 5-jährige Berenike direkt ein wenig unheimlich sei. Was sie alles so zusammenfrägt!

„Müssen alle Menschen sterben?"

„Natürlich!"

„Du auch?"

„Wenn ich mal auf dem Friedhof liege, dann kannst du mir ja mal 'n Blümchen vorbeibringen!"

„Dann hätten meine Kinder ja keine Uromi mehr!" rief die Berenike aus und begann augenblicklich laut loszuweinen.

Der Garten war sehr schön geschmückt, die Lampions aus dem Tinnefgeschäft schaukelten im Winde, und ich empfand's als verbindend, da so herumzusitzen.

Doch dann pfiffen mich Dichtschulden und Lindenstraße wieder nach Hause, während Omi Renate sich bereits die nächste Zigarette angezündet hatte.

Nein, ihre Kinder als Geschwister hätten nicht viel miteinander zu tun. Jeder führe sein eigenes Leben, und den Matze sähe man zuweilen wochenlang nicht.

(Oster-)montag, 21. April

Vorwiegend sehr streng, grau und knurrig

Im Hause war´s ganz still, und im Laufe des Vormittags wurde es grau und immer gräuer.

Ich hätte Rehlein so gern zu einem Telefonat mit der Tante Irma bewogen, denn die Irma denkt in Irmenlogik: „Ein Brief ist immer schnell geschrieben. Es ist das persönliche warme Wort, das mir von Seiten der Rothfüßen her so sehr fehlt!"

So griff ich diese Irmenlogik, die ich persönlich nicht schlecht finde, auf und rief dort an.

Zunächst hob niemand ab, so daß man es für Rehlein schon bedauert hatte, denn was sollte einen untelefonistisch veranlagten Menschen wohl mehr freuen, als wenn niemand abhübe?

„Frank Rothfuß", meldete sich mitten in diesen Gedanken eine ganz normale Herrenstimme, so daß es sich im Grunde genommen auch um einen Anruf im Pfarrbüro hätte handeln können, zu dem man etwas mehr Mut hätte zusammenbündeln müssen.

Der Frank bestätigte lediglich die Worte vom Onkel Hambum: Daß man nicht mich, sondern bloß das Echo seiner eigenen Stimme höre, und so legten wir auf – da dies ja nun wirklich keinen Zweck habe.

Das Fenster im Bad hatte ich aufgelassen, da ich es begrüßt hätte, wenn jemand eingestiegen wäre, um mich zu ermorden.

Ich erfuhr, daß die Anhaltermorde aus den 80er Jahren möglicherweise von einem stationierten Amerikaner begangen worden sind.

Ein Kasernenkumpel von Jeffrey Dahmer hatte sich zu Wort gemeldet, und man erfuhr, daß der Dahmer immer so grausam zu seinem Zellengenossen in Deutschland war. Er schlug und quälte ihn, doch alle Beschwerden nutzten nichts, und aus der Kaserne geflogen sei er letztendlich nur, weil er zu viel Alkohol hob.

Mein neues Arbeitssystem bannte mich sehr hinter den Computer, und ich führte meine Arbeit liebevoll und gewissenhaft aus, wie eine gute Sekretärin. Manchen Pastoren schrieb ich leicht humorig, anderen knapp und bündig, und besonderen Wert legte ich darauf, nicht in so einen pathetischen Stil abzudriften, wie jener alberne Trompeter, der mal in Aurich geblasen hat – bzw., „den Ostfriesen einen blies", und sich in pathetischsten Worten auch bei uns gemeldet hatte.

Doch es ist wie verhext. Mir schrieb niemand, und nur von Herrn Fleckenstein kam eine Abwesenheitsmeldung. Ich saß da, in mir köchelte der Groll, und ich fühlte mich direkt wie der Herwig, wenn er im Winter neben seinem Bulleröfchen in der Gallerie sitzt, und kein Arsch seinen Arsch hochbekommt um endlich mal die schöne Gallerie zu besuchen!

Hurra, mein Beinrheuma ist weg!

Erst nach fünf Uhr verließ ich das Haus und besuchte die Edith.

Ein tarantelleichtes Insekt das an der Hauswand klebte, durchlebte soeben einen epileptischen Anfall, wie ich der Edith gleich zeigen konnte. Fröhlich lachte die Edith über ihr liebes Äbtissinnengesicht, und ich war so froh, gekommen zu sein, da es sich doch allgemein schickt, frohe Osterwünsche zu übermitteln, und die Edith hätte es schon gestern erwartet gehabt.

Frau Manz von nebenan hatte traditionell ein Osterlämmchen gebacken, und dem durfte ich den Kopf absägen und aufessen. Ich tunkte ihn in den Kaffee hinein, und davon wurde der mit Zuckerguß glasierte Kopf seiner Süße beraubt, während der Kaffee hernach leicht süßlich mundete.

Onkel Eberhard habe schöne Grüße bestellt an sie und die Mutter, da er es auf professoraler Ebene vergessen hat, daß die Mutter vor 8 Jahren gestorben ist.

Denkt er flüchtig an Grebenstein zurück, so säße die Mutter noch da.

Dann kam die Strumpfabpellerin, ein schmächtiges junges Fräulein, und ich hatte schon gemeint, der Abend wäre gelaufen.

Ich widmete mich dem Vogel Frido mit seinen dicken Backen, dem humorvollen, fast weisen Ausdruck auf dem Gesicht, und seiner ans Pröppilein erinnernden Ausstrahlung, indem ich ihm das Lied vom Papa Pinguin vorsang, und mit einer Wäscheklammer an seinem Käfig herumknabberte, obwohl dies den Vogel eventuell erbosen könnte, wie mir schon gesagt worden war.

„Was will denn dies hölzerne Schnabeltier an meinem Käfig?"

Ja, Gedanken dieser Art könnte man dem Vogel Frido durchaus zutrauen. Er ist schon ziemlich alt, und verfügt im Gegensatz zu einem Fisch über eine breite Ausdruckspallette zwischen freudigstem Entzücken und höchster Erbosung.

Nach kürzester Zeit kehrte die Edith mit bzw. natürlich OHNE die abgepellten Strümpfe wieder zurück, und das Fräulein mußte so rasch wie möglich wieder verdampfen, da fürs Strumpfabpellen nur zwei Minuten veranschlagt sind.

Da fährt man mit dem Auto durch die Gegend, und pellt Strümpfe ab.

Dankbar, wie es Hessenart ist, griff ich dies banale Thema auf, und frug uns, ob es nicht ratsam wäre, irgendwann einmal innovative Strümpfe zu erfinden? Z.B. Beinumwickelnd mit Klettverschluß?

Ich erzählte noch allerhand über die Verwandten: Z.B. Omis aufmunternden Trostausruf: „Und der Hartmut hatte ein Schnüpfchen!"
Erst nach einer Weile lächelte die Edith zu diesen Worten mild.
Wenn es mir gelingt, die Seitenzweige meiner Familie zu porträtieren, so gerate ich in Fahrt: Jetzt z.B. erzählte ich plastisch von Suschen und Elisabeth, vom Gerhard, der als Kellner vielleicht keinen großen Schneid bei den Frauen hat(?), und wie das Suschen sich eine Wohnung mieten mußte: 800€ kalt! Die 800€ schmerzten mich in diesem Falle weniger als das einsam stimmende Wörtchen „kalt".
Beim Joggen dachte ich darüber nach, wie Uta und Omi Ella früher versnobt über das Julchen gedacht haben: „Da fehlen noch 99 Pfennje zu ner Mark!" Doch still und bescheiden im Hintergrund agierend hat das Julchen alle eines Besseren belehrt.

Ich streckte oder radierte den Petaluma-Report, und hinter jene Szene auf der Terrasse, wo die Bea mich verdächtigte, sie zu verdächtigen, ein leeres Leben zu führen, flocht ich einen Satz ein, der in seiner schlichten Dramatik von Sommerset-Maugham hätte stammen können: „Plötzlich merkte ich, daß ich die Tante Bea nach all den Jahren nicht mehr liebte." Und nun wiederum malte ich mir aus, *wie die Bea bei diesen Passagen in Tränen ausbricht. Sturzbäche an Tränen rinnen die welken Wangen hinab, und es quellen immer neue nach. Niemand kann sie beruhigen, und am nächsten Morgen schaut sie verquollen aus wie ein Zombie.*

Dienstag, 22. April

Zunächst eher streng.
Dann muß es wohl geregnet haben,
ohne daß ich dies bemerkt hätte, und abends lächelte
wieder die Sonne

Wieder fühlte ich mich im Bette wohl. Doch wenn man sich dann für den Tag „aufziehen" möchte, so fühlt sich die Schnur hierfür gerissen oder zumindest schlapp an.
Alle scheinen sich gegen mich verschworen zu haben, indem mir niemand mehr schreibt – naja, jetzt hatten sich ein paar Briefe angesogen: Ming schickte ein Foto seiner Lieben, die morgens noch schliefen. Das Julchen wie Schneewittchen in tausendjährigem Schlafe, und das Pröppilein auf

ihren Knien sah aus wie Ming auf seinem allerersten Foto!

Dann las man so allerlei: z.B. über das beschämende Verhalten vom Kapitän des gesunkenen koreanischen Schiffs! Als einer der Ersten habe er sich in Sicherheit gebracht, und dabei steht im Ehrenkodex für die Kapitäne doch zu lesen: „Der Kapitän verlässt mit der Hand an der Hosennaht als Letzter das sinkende Schiff."
Hinzu hatte er die Passagiere über Lautsprecher gebeten, sich in die Kabinen zu verzupfen um dort zu verharren bis bessere Zeiten kommen, und dort sind sie dann alle jämmerlich ertrunken.
Die koreanische Präsidentin war sehr verbittert über den Kapitän, und sagte in ihrer Ansprache, dies grenze an Mord!
Ferner las man, daß der Pistorius vor Gericht zwar ein Theater hinzulegen pflegte, doch hernach aß er mit seinen Beratern lecker Mittag, und hatte viel Spaß dabei.
Obwohl ich den Fotos nicht entnehmen konnte, daß er da lachte, wie einem von der bösen Presse weisgemacht werden sollte.
Dies sollte uns Beschauern wohl nur suggeriert werden, auf daß eine kollektive Empörung geschürt würde?

Er saß einfach nur ganz brav da, und hatte die traurige Geschichte seines Lebens für eine kleine Weile gedanklich beiseite gelegt.

„Ich sollte mal wieder die Frauke begoogeln!" dachte ich im Rahmen meines hilflosen Rumgoogelns: „Mordfall Frauke T. Bremerhaven. Mysteriös" gab ich ein.

Da die Ähnlichkeit zwischen Frauke und mir ja fast gespenstische Züge aufweist, könnte es ja sein, daß die Frauke auch immer bei „Allmy" mitliest, und unter einem Pseudonym kleine Aufsätze verfasst, die meist so wirken, als habe man einen Stein ins Hühnergehege geschleudert.

Ein wildes Aufgackern folgt….

Die Frauke wünscht sich, daß über ihr Ableben diskutiert wird, und mietet einen Killer für sich selber an.

Etwas, das ja nur per Lastschrifteinzug funktioniert.

Ich übte zwei Stunden lang.

Zweimal fuhr der Krankenwagen lautlos Richtung Wyssens, und der Teufel hat´s gesehen, und man sah Jünther, oder s´Renate zum letzten Male!

Ich besuchte die Edith, und zog sie damit auf, daß sie immer so furchtsam durch das Toilettenfenster schaut, als erwarte man den „Würger von Grebenstein".

Doch zu eben dieser Vorsicht wird ja geraten!

Gestern abend sei der Hochwürden, Herr Seifert, bei der Edith zu Gast gewesen.

Herr Seifert sei sehr konservativ, und auf einem gelben Zettel hatte er etwas über sich geschrieben, das ich, bezwickert mit Ediths Zwicker, anlas:

Ein kleiner Topflappen an Buchstaben. Getippt von pfäffischer Hand:

Er sei am Pfingstmontag des Jahres 1967 am ersten Hochzeitstag seiner Eltern auf die Welt gekommen, erfuhr man, da es dem konservativen Herrn eine Herzensangelegenheit ist, der Welt zu beweisen, daß seine Mutti unbefleckt in die Ehe gegangen ist.

„Ein Traumberuf!" rief ich aus, als die Rede drauf geschwenkt wurde, daß der Geistliche würstelgleich einen Besuch an den anderen hängt.

Doch die Edith meinte, er müsse auch viel arbeiten. Z.B. seine Predigten ausformen und überdenken.

„Aber die holt man sich doch heutzutage aus dem Internet!" rief ich aus.

Ich erfuhr, daß er auswendig predige.

Manchmal frägt sich die Edith, wie es wohl heute, zehn Jahre nach ihrem bedauerlichen Exitus, in Omis Stube ausschauen mag? Und auch wenn man ja nur über die Straße laufen müsste – für die Edith auf ihrem brüchigen und wackeligen Gestell käm´s einer Reise in einen fremden Kontinent gleich.

Die Edith erzählte, daß sie einmal einem Geistlichen mit einem Heiligenbild aushelfen konnte. Sie mußte nur oben bei der Mutti herumkramen, die ja bereits in jungen Jahren damit angefangen hatte, Heiligenbildchen zu sammeln.

Für heute plante die Edith eine Steckrübensuppe, und es klang für mein Ohr, als sei´s ein Gericht aus der alten Heimat.

Für den Abend wurde eine Reportage über König Willem und Königin Maxima verhießen, und bei diesem Thema überzog ein gerührtes Lächeln das Äbtissinnengesicht, dieweil die Edith an dererlei ihre Freude hat.

Endlich mal ein Thema, das nicht auf Ü70er Art unwirsch beiseite geschoben wird.

Durchs Küchenfenster hindurch warf ich einen Blick auf *mein* Fenster gegenüber, wo ich zuvor einen Teil der Gardine beiseite geschoben hatte. Ähnelnd der Haarsträhne eines jungen Dinges durch die Hand eines reifen Herrn, und ja! dort sähe man mich zuweilen beim Geigenspiel.

Jetzt aber spiegelten sich nur die Blätter eines alten Baumes in den Fensterscheiben.

Nach einer Weile empfahl ich mich, und bat beim Abschied darum, den Hochwürden bei seinem nächsten Besuch zu bitten, auch mich einmal besuchen zu kommen. Doch darüber lachte die Edith. Ich sei doch kein Schäfchen!

Auch bei den Katholiken gäbe es durchaus Einige, die den frommen Mann nicht ins Haus lassen möchten. („Wie käme ich dazu??")
Und dieses Wissen trug ich nun über die Straße hinweg nach Hause.

Rehlein hat ihre Leidenschaft für's Scännen entdeckt, indem sie z.B. Kinderbilder Mings scännte und rüberschickte.

Über das Anderle* mit seinem traurigen Los dachte ich ebenfalls nach. So traurig es auch ist, so wäre Lisels Exitus mittlerweile ein aufregender Wendepunkt in unserem Leben: Denn so wie einst Hongkong an China, fiele der Andi damit an uns zurück. Die rostigen Eisentore des Ehejochs würden aufgeschlossen, öffnen sich quietschend und jaulend, frische Luft strömt herein, und dann könne er beispielsweise einem Lockruf nach Petaluma folgen?

*Leider muß sich das arme Anderle mit seiner alzheimerkranken Frau plagen

Mit meinen Kirchenkonzerten bewegt sich nicht viel. Die Sekretärin Manuela Rau aus Greiz ließ wissen, daß sie meinen Brief an den Kirchenmusikus „Ralf Stiller" weitergeleitet hat. Und ich würd ja lachen, wenn Ralf Stiller seinem Namen nicht Ehre machen, und es um meinen Brief hernach nicht still würde?

Nachtrag 2019: Und genau so kam's:
Nie wieder was gehört!

Einmal schrieb ich der Veronika, die mich dazu animiert hatte, mal wieder zu Besuch zu kommen, und nun stak ich in der Falle: Hatte ich nicht immer davon gesprochen, daß der Erwachsene die missliche Neigung hat, die schönsten Angebote einfach abzuschmettern? Doch beim Gedanken an den Jorberg stieg mir schwerer Altenheimsdunst in die Nüstern, und so schrieb ich ihr einfach, der Onkel Hambum habe sich angemeldet, und hernach müsse ich zum Proben nach Aurich reisen.

So müsse man halt ein bißchen länger auf mich warten.

Aber den Jorberg habe ich ins Herz geschlossen: Ich denke viel an ihn, wünsche ihm von Herzen alles Gute, und wenn er dereinst gestorben ist, so weine ich – mehr kann man leider nicht tun.

Mittags kochte ich mir Bratnudeln, und währenddessen ärgerte ich mich leicht, warum sich mir dauernd ärgerliche Leute wie die Bea in meinen Kopf setzen, und meine Gedanken benagen, bis mein ganzes Weltbild porös scheint? Sollte ich die mir nicht einfach aus dem Hirn saugen, und wäre es nicht deutlich ratsamer, über so tolle Leute nachzudenken wie beispielsweise den wunderbaren Buz, der einen Katechismus über das Violinspiel verfasst hat?

Später kam ein Brief von Sabine Fokken aus Schöntal: Man habe sich im Team gegen ein Konzert von mir entschieden, und ich hasste die dumme Frau, und ärgerte mich grün.

Auch hier bezüngelte der Ärger schon wieder das Beätchen, indem ich das Beätchen nun verdächtigte, auch so eine blöde Frau zu sein, wie die dumme Sabine Fokken, die immer so getrieben ist, und für nichts Zeit hat.

Dem Beätchen hatte ich geschrieben, daß es ganz gut sei, wenn sie meine Tagebücher läse, denn dann könne sie sich ja wieder in jene Zeiten hineinblättern, wo sie noch keine Probleme mit der Schulter hatte: Sie lugt durch einen Türspalt, und schaut auf sich mit ihren übereinandergestapelten, sockenbestülpten Füßlein drauf, und beneidet sich selber.

Rehlein hatte heut in ihrem Brief ans Anderle berichtet, daß sie von Onkel Dölein weiß, daß dieser im Alter wohl in ein Heim abgeschoben würde, da die Amerikaner nur höchst ungern von ihrer kostbaren Zeit abgeben.

Nur die Kika habe sich bereit erklärt, Onkel Dölein im Alter zu pflegen. Da mich aber vielleicht auch der Onkel Hambum bereits als Altenpflegerin eingeplant hat(?), müsse ich die beiden Herren hier in der Grebensteiner Wohnung zusammen „altziehen", und tatsächlich haben Hambum und Dölein gemeinsame Interessen, so daß sich gut miteinander alt werden ließe, freute ich mich: Fotos, Musik und Familie!

Nur in einem passen sie nicht: Onkel Hambum amüsiert sich buzesgleich über die köstlichen

Witzeleien der Kabarettisten, und Onkel Dölein ödet dererlei.

Durch das Fenster sah ich die Edith in ihrem Gärtchen, sie krümmte sich hinab, und dann sah man nurmehr den weichgeschwungenen Hügel des gebogenen Rückens „wenn man es wußte".

Als ich nach einem schweren Drei-Stunden-Sack an Sinnvoll Erledigtem endlich joggen ging, da war´s bereits gegen 18 Uhr.

Das Wetter hatte sich aufgemildert, und lächelte in frischem Frohsinn auf die noch regenfeuchten Pfade drauf.

Im Supermarkt zu vorgerückter Stund:

Ein Herr hatte mir so galant den Vortritt überlassen, und dies wo ich doch so einen verdrossenen Ausdruck auf dem Gesicht trug, wie ich nachrekonstruierte. Den trug ich, ohne mich verdrossen zu fühlen.

Da verschwand der verdrossene Ausdruck, um einem erfreuten Dankeslächeln Platz zu machen.

Abends las ich etwas Schockierendes über eine Variante vom bösen Uschilein:

Einem jungen Fräulein, das vor bald 40 Jahren als letzte tschechische Frau am Galgen endete: Sie, die aus Bosheit mit einem LKW einfach acht Leute totfuhr! Etwas, das man dem Onkel Ebi schreiben könnte: „…denkt man da nicht mit Schaudern an das böse Uschilein?"

Ming hatte geschrieben, wie er zum Pröppilein multipel und lang: „Blablablabla!" gesagt hat.
Da rief das Pröppilein: „Mama!" und sagte es dem Julchen auch auf, und hinzu in passender Anzahl.
„Es scheint deinen Humor geerbt zu haben!" freute sich das süßeste Rehlein in einem Vorabendbrief, und tatsächlich ist das Pröppilein ein sehr lustiges und humorvolles Kind – grad wie einst die kleine Daaje.

Mittwoch, 23. April

Meist schön.
Nur Mittags wars mal kurz grau, und abends dimmte sich das Sonnenlicht hinab.
Die arielweißen Packeiswolken wurden blass

Nach meinem Erhöbnis dachte ich an die böse Frau aus Prag, die trotz ihres Gleichmuts dem Leben gegenüber dann ja doch gewaltsam zum Galgen hingezerrt werden mußte, dieweil sie Muffensausen bekommen hatte. Der Henker ist seither gegen die Todesstrafe, weil das wunderhübsche, so jedoch grundverderbte junge Fräulein sich vor ihrem Tode auch noch einnässte. (Seelisch bedingt, wie der Psychiater jetzt womöglich sagen würde.)

Als Kind (gezeugt von einem Bankbeamten und einer Zahnärztin) sei sie ganz durchschnittlich gewesen. Mit 13 allerdings startete sie einen Suizidversuch. Wär das man gut gegangen! Sie hieß Olga Hepnerova, zu deutsch Helga Höppner – geb. 1951, so daß theoretisch die Eltern noch leben könnten. Ein altes Ehepaar wie die Hubičkas, unsere Nachbarn in Japan?

(„Unsere Tochter ist ja die letzte Frau, die in der damaligen Tschechoslowakei hingerichtet wurde.")

Ja, Schicksale gibt´s! Da möchte man doch so gerne mal Mäuschen spielen, wie da die Familienverhältnisse wohl mal waren?

Es heißt, die Mutter sei sehr kalt gewesen.

So kalte und böse Frauen gibt es zumindest hierzulande schon lange gar nicht mehr.

Die Olga kam ohne ein Fitzelchen Humor auf die Welt, der ja als Bosheitspuffer hätte dienen können. So aber schwoll der Bodensatz an Groll ungepuffert immer weiter an.

In einer 3sat Sendung lernte ich eine Schriftstellerin kennen, die mich sehr interessierte: Sybille Lewitscharoff. Eine preisgekrönte Schriftstellerin, die nun einen Kriminalroman geschrieben hat, der verhalten aufgenommen wurde, dieweil er so gewöhnlich sei.

Um der Ratlosigkeit Herr zu werden, hatte man eine Literaturkennerin hinzugeschaltet, und diese Dame fand ich nett! Sie fand auch die passenden Worte, um das Buch ins rechte Licht zu rücken, und wahrscheinlich ist es bloß so, daß den meisten der passende Humor für dererlei abgeht.

Die interessante Schriftstellerin wurde von mir ausgiebig begoogelt, und Rehlein in mir freute sich darüber, - endlich mal etwas anderes als diese ewigen Mordfälle!

Obwohl die Sybille nur einen bulgarischen Papi hat, der hinzu in eine urschwäbische Familie in Stuttgart Degerloch einheiratete, wirkt sie so was an bulgaaarisch, daß man lachen möchte!

Bei einer Rede in Dresden fiel sie in Ungnade – indem sie die künstliche Befruchtung in drastischen Worten, die direkt an Thomas Bernhard erinnerten – beschäumte. Die künstlich Gezeugten empfand sie als „Halbwesen", und nun wurde ihr im Morgenmagazin die Gelegenheit gegeben, diesen für alle künstlich Gezeugten unter uns, despektierlichen Satz wieder zurückzunehmen, und ich fand, sie redete so virtuos!

Nur ganz hi und da vermeldete die AOL-Dame einen Brief, und unter den vermeldeten ist so quasi nie einer dabei, der einem die Lebensfreude wieder anfeudelt. Auch aus Ofenbach blieb´s stumm. Einmal leuchtete jedoch der Namenszug von Rainer Müller-Joedicke auf, einem Herrn, den ich ja kennen sollte, denn nach Art eines vermeintlich Fremden, der einen freudig umarmt, duzte er mich - in einem Brief vor etwa zwei Jahren - einfach.

„Hallo Franziska! Das ist ja eine Überraschung!...." begann das Schreiben.

Dann schrieb ich zurück, und wie es mein Schicksal so will: Am anderen Ende blieb´s still – bis heut.

Jetzt bildete ich mir ein, daß ich mich noch wundern würde, wenn ich diese Mail nun anklicke – ein bißchen rechnete ich ja damit, daß der Rainer vielleicht landschaftstreu sei – aber meist kommt es ja anders, und so rechnete ich mit etwas Überraschendem*:

„Lassen Sie bloß die Hände von meinem Mann!"

Habe ich nicht gestern erst so viel über die Abgründe der Seele erfahren?

Eine Frau erschoß die Frau ihres Psychiaters, weil sie die einfach verdächtigte, den Passanten auf der Straße Geheimnisse ausgeplaudert zu haben. Nämlich, daß sie sich ständig zwanghaft an der Nase kratzen müsse. Und wenn sich mal jemand anderes an der Nase kratzte, so bildete sie sich ein, er wolle sie verhöhnen und verspotten.

*Doch es handelte sich lediglich um einen Bedenkungsschrieb, daß Konzerte in dieser Region „verhalten" aufgenommen würden.

Ich schaute durch das Fenster auf die Straße.

Man sah die Edith mit ihrem Stock im Garten stehen. Ganz verloren stand sie da herum, wie ein kleiner Waldschrat.

Was man alles erlebt, wenn man einfach so auf die Straße blickt: Einen weißen Lieferwagen, dem zwei grobe Möbelpackertypen mit Cigaretten entstiegen, und dann betraten sie *unser* Grundstück. Sie waren gekommen, mich zu ermorden. Ich wartete direkt auf das Stille-zerreissende Schrillen der Türglocke, doch es geschah nichts.

Dann wiederum entstieg Janoschs Freundin Lisa ihrem kleinen Auto, und als sie auf die Garage zutrat, sah ich sie erstmals frontal, und blickte in ein rundes, harmloses Gesicht. Ich dämpfte mein Violinspiel, und dachte mir aus, *wie die Lisa wegen meinem Violinspiel plötzlich einen Terror veranstaltet wie die Nachbarn in Worms: „Das versaut mir mein ganzes Leben!" spuckt sie Gift und Galle,* allerdings konnte ich mir diesen Passus nur auf Schwäbisch vorstellen.

Schreibt man einem Kantoren, so muß man damit rechnen, daß er am Asperger-Syndrom laboriert.
Die Pastoren hindess scheinen immer in wahnsinnige Eile eingespannt.

Als ich mich beim Joggen einmal umwandte, sah ich hinter dem steilen Hubbl eine Gestalt, wo man sich wirklich fragen muß, wo die herkommt, denn hat man den Pfad nicht soeben abgehoppelt und niemanden gesehen? Jetzt schaute ich auf einen schiefen Hinterkopf drauf, der direkt leicht grenzdebil wirkte, so daß ich mich rapide umdrehte und hinwegrannte. Dann rannte ich so lange rum, bis ich die Gestalt wieder aufschimmern sah, und dann wieder zurück. Vermutlich ist es tatsächlich so, wie die Edith denkt: Nämlich höchst gefährlich, einfach so im Walde herumzurennen? Beim zweiten Mal sah ich, daß die Gestalt ein rosa Hemd trug. Ein Herr, der am Wegesrand nach einem verlorenen Börsl zu stochern schien, und nun stellte ich mir sehnsuchtsvoll vor, ich fände es: *„Habt Ihr dies Börsl verloren, Wandersmann?"*

Beim nächsten Mal glaubte ich, an der Anhöhe einen silbrigen Hund beim rascheln und schnüffeln zu sehen, doch es war ein Reh! Das Reh musterte mich frontal, und schoß von dannen. Da hätte der Papa eine Freud gehabt!

Und das Reh sah so hessisch aus!

Dann sah ich die Gestalt noch ein drittes Mal: Sie hatte sich den Berg hinangeschraubt, schien allerdings, wie zuvor auch, grad still zu stehen.

Vor dem Hause arbeitete der Schröder an der Gartentonne, während ich in den Briefkasten spitzte. Die Stadtbibliothek lud zur Wiedereröffnung ein.

„Meine Omi hat posthum Post bekommen!" beplapperte ich den Schröder, und fast wären wir ins Diskutieren geraten.

Schröder verbindend: „Das ist manchmal ärgerlich!"

Dieser Meinung war ich jedoch nicht.

Ich fand, daß man in solch einem Falle für einen kurzen Moment das Gefühl hat, die Angeschriebene sei noch da, und auch der Opa in Ofenbach bekommt zuweilen noch Post. Dann rufe ich laut und erfreut: „Opa! Ooooopaaa!" Und wenn keine Antwort kommt, so hat er´s eben nicht gehört.

Abends lief ein höchst origineller Film in arte:

Der Film hieß „Fenster zum Sommer" und mitten in einem herrlichen Urlaub wachte eine schöne Blonde (Nina Hoss) wieder in der Vergangenheit auf: Es herrschte Winter, und sie war noch immer in ihrer verdrießlichen Ehe gefangen. Ihr heutiger Lover „August" saß in der Kantine, und kannte sie noch gar nicht, und ihre Freundin Emily, die doch vom Auto überfahren worden war, lebte noch.

Die Emily wünschte sich so rasend ein dauerhaftes Glück in der Liebe, doch immer schlugen die Versuche fehl.

Rehlein in Ofenbach, zwar warm & nett, schien wieder auf die depressive Schiene hinabgezogen: Nachts wacht sie zuweilen auf, und denkt peingebadet, daß ihr Kikalein in Grebenstein ohne einen Pfennig Geld vor sich hinvegetiert.

Da schrieb ich Rehlein rasch zurück, daß ich doch noch die 50€ hätte, die mir die Antje zum 50. Geburtstag geschenkt hat, und die sich für mich anfühlen wie einst für Omi Kionczyk die gebogene Wurst im Keller, die ich ihr mal fürs Omisitten geschenkt habe, und worüber Frau Kionczyk auch sehr glücklich war. Nun ließ sich beständig sagen: „Wir haben ja auch noch eine gebogene Wurst für die Not im Keller!"

Donnerstag, 24. April

Sehr sonnig und warm.
Zuweilen weiße Schlierwolken –
doch so, daß ein Picknick zum „Muß" wurde, war´s
ja auch wiederum nicht

Wieder wurde ich von der Sonne wachgeküsst, und in einen einsamen Tag hineingepflückt.
Ich schmierte mir zwei Brote mit Honig, die ich stumpfsinnig wie ein Knästling im Knast am Computer verspeiste, bloß, daß ein echter Knästling beim Kauen womöglich wie ein echter Karpfen ins Leere blickt, und ich wenigstens etwas dazu studierte?
Mein Kontakt zur Welt ist der aufgeklappte, und vor sich hinsurrende Läptop, und dadurch, daß sich über Nacht auch nur ein vereinzeltes kleines E-Mail

angesogen hatte, schaltete ich den Televisor dazu an. Kulturzeit in 3sat. Es ging um Shakespeare.

„Zu hoch für mich!" ist da so manch einer geneigt zu denken, und schaltet einfach weiter. Ich aber lenkte meine Sinne drauf, zumal der liebe Dürrzeiler vom Lindalein bereits nach zwei Sekunden ausgelesen war.

An Shakespeare könne man nur scheitern, erfuhr ich von der Moderatorin, die Worte eines Gelehrten wiederzukäuen glaubte.

„Das hat er gesagt?" frug der hinzugeschaltete Schauspieler Lars Eidesleben ganz betreten, denn er spielt doch mit so großer Freude und Begeisterung Shakespeare, und hatte bis zu diesem Moment noch keinen einzigen Gedanken auf ein eventuelles Scheitern gelenkt.

Später sah man ihn schauspielern. Er hopste auf einen Tisch und gröhlte lustvoll herum, so wie ein Pianist gewaltige Klangkaskaden hinabdrischt und sich in seiner Genialität sonnt.

Bald darauf traf ein erneutes Mail ein: Diesmal von einer älteren Pfarrerin aus Hameln, Teil eines Pfarrehepaares. Man habe mein Angebot diskutiert, und sei übereingekommen, daß man es ablehnen müsse, weil es noch ein paar andere Vorstellungen gäbe, und das Programm sonst zu voll würde.

Nach einer Weile meldete sich Wolfgang Teicke, der im Prinzip „grünes Licht" für den Gottesdienst gab, und dies hinzu in Form eines konkreten Termins.

Mir bot sich somit ein rettender Anker auf dem Ozean, in welchem unterzugehen ich droh(t)e, wenn auch Herr Teicke nur lose mit einem 100€ Schein wedelte.

…Daß ich 27 Minuten brauchte, um drei Kirchen in Schleswig-Holstein zu bemailen?

Herrn Feldmann aus Bündsdorf schrieb ich direkt ein wenig spitzbübisch Folgendes: **„In Ihrem letzten Brief schrieben Sie mir folgenden Passus: „Und Sie wollen tatsächlich nochmals nach Bündsdorf kommen?" Dazu ist zu sagen: „Ja, ich will!"** schrieb ich direkt ein wenig gewagt.

Fast alle Leute mit denen ich mich bemailt habe, schrieben einmal, und dann nie wieder. So auch Pastor Baron aus Kosel. Doch der Pastor – im Geiste sah ich einen hageren alten Mann vor mir – hat sich still und heimlich aus dem Staube gemacht, so daß ich jetzt seine Nachfolgerin Susanne K. damit belästigen mußte.

Ich litt an leichten stumpfen Magenschmerzen, und schließlich kochte ich mir einen Spinat. Und während er noch vor sich hinblubberte, aß ich das letzte rote Osterei, das in meinem Nestle so malerisch ausgeschaut hatte, so daß nun der letzte Rest Ostern einfach verschwunden war.

Dann ergoogelte ich die Diagnose „Lungenkrebs", weil ich an den Frank in Ratzeburg denken mußte.

Doch die Artikel sind sooo langweilig, und das einzige was interessiert, ist doch wohl, ob man wieder gesund würd, und wenn ja – wann?

„Kannst Du mir die genaue Diagnose mitteilein? Mein Onkel in Amerika ist Pathologe!" glomm kurz eine hilflose Hilfswütigkeit in mir auf, um alsbald wieder zu verglimmen, denn was soll Onkel Dölein da drüben mehr wissen, als der Ratzeburger Meisteronkologe?

Und daß dies alles mitten im Hausbau geschah?! Plötzlich bekommt man die Kündigung vom Leben, der Chefarzt darf, wenn auch wahrscheinlich mit bedauerndem Beiklang in der Stimme, ein Todesurteil aussprechen, und die Begnadigung wird abgelehnt.

Was ich heute noch ergoogelte? Truman Capote und seinen kaltblütigen Roman „Kaltblütig", der sehr gut sein soll - über den Mord an einer vierköpfigen Familie in Kansas.

Manchmal übte ich, und hatte ich meinen Lieben nicht gesagt, es sei schier unglaublich, was man alles zu sehen bekäme, wenn man den ganzen Tag aus dem Fenster blicke? Nun aber sah man nur die schwarze Katze herumturnen.

Nach Art von Tatjana Grindenko* übte ich, und schaute dazu fern. Der Televisor plärrte und man erfuhr, daß Tamiflu praktisch keinen Nutzen habe, dafür aber Wahnvorstellungen und Halluzinationen auslöse, und dabei haben´s viele Millionen unter uns mal bestellt, als der Welt die ultimative Katastrophe, die Vogelgrippe, drohte.

*Exe von Gidon Kremer, Meistergeigerin

Heut kam eine Einladung von Herrn Eßer ins Glasmuseum in Immenhausen. Allerdings nicht für ein Konzert, sondern zu einem Gitarren-Duo. Ähnelnd Rehlein, schrieb Herr Eßer etwas früchtebrötern, indem er einen händeringend anflehte, doch BITTE ins Konzert zu kommen, da er den Musikern Gagen versprochen hatte, die nur mit den Eintrittsgeldern abgedeckt werden können.

Dann lief ich an Ediths Haus vorbei in die frühlingshaft erblühte Stadt hinein.

Die Karte für die Frau Pape in Oese sei ausreichend frankiert, wie mir im Kuscheleck der Post von einer freundlichen Seniorin bestätigt wurde.

Ich schaute auf die hübschen Osterpäckchen drauf, und ärgerte mich, daß man nicht einmal mehr das Geld hat, ein Päckchen mit Unfug an das Pröppilein zu verschicken, und für Freude zu sorgen.

Ich kaufte einer ganz verwelkten und schrumpeligen Dame an der Brötchentheke eine Tasse Kaffee ab. Dies tat ich um Aura zu tanken, aber leider hat sich das zwickende Gefühl, das ich am Beätchen nicht leiden kann, auch an mir festgezwickt. Daß was geschehen müsse! Daß endlich mal ein gescheites System gefunden werden möge.

Stattdessen saß ich nur da, und las, wie der Heino von irgendeiner Gruppe als Nazi verunglimpft wurde. Gewissenhaft hatte BILD alles aufgelistet, was *dafür* sprach. Z.B. der Hit „Schwarz-braun ist die Haselnuß". Doch der Heino hatte auf Anwaltsart für all diese Unterstellungen verdachtszersetzende Worte parat.

Bald singt er:

Hoch ist der Berg.

Dunkel der Wald.

Verlassen hat mich mein Harald!

(Ein Reim vom Heinerlein*)

*Mein Vetter

Wenigstens 5€ beim Mittwochs-Lotto gewonnen.

Abends kam uberraschend* ein Brief vom Beatchen aus Ubersee. Schulter sei Kacke und man habe Besuch aus Norwegen. **Nachstes Kapitel jederzeit Love, the Beate**, schrieb sie gewohnt oberflächlich, und ich staunte regelrecht, wie wenig mich diese Zeilen noch berührten.

*Dadurch, daß mir das Beätchen auf ihrer amerikanischen Tastatur immer umlautsfrei schreibt, wird mein Kopf zur umlautsfreien Zone, wenn ich an sie denke.

Freitag, 25. April

Am Vormittag noch ein paar Schlierwölkchen, sonst
sagenhaft schön und warm

Heute stak ich in einem wirklich stressigen Traum:
*Wir(?) befanden uns in Ostfriesland auf einem schräg
angesetzten großen Wimmelfriedhof, der traumesunlo-
gischerweise gleichzeitig eine Arbeitsstätte war.*

*Es war dunkel, wir wollte zu einem Konzert nach Emden
fahren, und Buz schickte sich an, schon mal zum Auto
vorauszulaufen. „Ich komme gleich! Ich muß mich nur noch
umziehen!" rief ich ihm nach. Doch daß sich eine solch
gewaltige Odyssée daraus erwachsen sollte?*

*Ich sah ja fürchterlich aus: Türkisfarbene Knickebocker aus
denen auch noch die Enden einer ganz schlapp gewordenen
historischen Unterhose aus der Kaiserzeit heraushingen, und
außerdem hatte ich meinen Jutebeutel verlegt, und das
vergebliche Suchen fraß Zeit.*

*Nach einer Weile fiel mir ein, daß mein rotes Röckchen doch
grad wie im wahren Leben im Auto liegt, und die 50€ von
der Tante Antje aus dem wahren Leben wiederum befanden
sich in dem Jutebeutel, der verschwunden war.*

*Ich raffte rasch ein paar Beinkleider zusammen, und suchte
einen Ort, wo man sich umkleiden könne. In einer Art Höhle
am Wegesrand befand sich eine Glastüre, die zu einem Lokal
- dem Ratskeller - führte, in welchem ein Kulturspektakel
stattfand. Doch während ich die Tür noch aufstieß, entschloss*

ich mich um, und lief bzw. kraxelte auf die lehmige Friedhofszeile zurück. Eine Frau lief mir nach und beschwerte sich sachlich: Die zurückfedernde Schwingtüre wäre vielleicht 2 mm vor ihrem Gesicht zum Stillstand gekommen! Beinah hätte sie ihr die Nasenspitze abgesplittert! (Empörunssmilie). Ja, - aber nur beinah, dies hätte ich exakt berechnet! sagte ich besänftigend und verbindend.

Jetzt war schon wieder so rasend viel Zeit verstrichen.

„Wo bleibtse bloß??" dachte Buz in mir, und nun gingen auf dem Friedhof auch noch die Lichter aus… dann erwachte ich in kristallbleiches Morgengrauen hinein, und war sehr froh, den Frühaufstieg am Schopf gefasst zu haben.

Nach der Joggerei würde ich meinem Leben mit lauter vollgeschaufelten schweren 2-Std. Säcken einen völlig neuen Anstrich geben, freute ich mich, und schöpfte frischen Mut.

Beim Rennen dachte ich darüber nach, wie ich das große Zimmer vom Beätchen in meinem Herzen nun für das Julchen freiräume: Ich hänge die 60er Jahre-Gardinen ab, um sie durch etwas frischere und fröhlichere zu ersetzen, und dann wird erstmal kräftig durchgelüftet.

Der ganze Beatenmief muß entweichen.

Frau Heidi Ilgenfritz, eine ganz Liebe, die unter der geheimnisvollen E-Mail Adresse eines Roland Leistner-Mayers schreibt, plante mich für 2015 ein, und später dachte ich mir aus wie ich schreibe: „Sind

238

Sie Ehefrau, Haushälterin, Mutter oder Sekretärin des geheimnisvollen Meisters?" Denn es fühlte sich tatsächlich so an, als sei ich an die Haushälterin geraten.

Pfarrer Wolfgang Teicke hatte seine Spezerln im Umkreis mit einer Sammelmail bedacht: Ob jemand an einer Geigerin Interesse habe, die wie ein kleiner Pilz aus einer blühenden Frühlingswiese emporgeschossen sei? Nein – so schrieb er es natürlich nicht.
Ich bittelte und barmte nach Hausiererart an der Türklinke eines Pastor Anders in Dransfeld, ob man seine Kirche erneut für ein Konzert nutzen dürfe?
Pastor Anders war Frau Münch* immer so streng und zugeknöpft erschienen, allerdings hatte er in meinem Konzert die Karten abgerupft, und mir hernach auch noch eine CD abgekauft.
*Meine Sekretärin in Aurich

Jetzt hatte ich mir aber einen Besuch bei der Edith redlich verdient.
Dem Beätchen hätte man ja so viel schreiben können: „Nach der Arbeit besuche ich meine beste Freundin Edith, die jetzt in dem riesengroßen Zimmer in meinem Inneren wohnt, wo einstmals du gelebt hast! Ihr Mann ist nämlich schon gestorben!"
Doch dererlei interessiert ja das Beätchen nicht, und lenkt man die Gedanken zu ihr nach Petaluma, so sieht man sie stets, wie sie an ihren riesengroßen

Kochtöpfen emsig ihre glutenfreien Speisen zusammenrührt, und keine Zeit für einen hat.

Besuch bei der Edith:

Wir naschten von Frau Manz´s Osterlamm, und diskutierten über die Todesanzeigen. Der Verlust eines Vereinsmitglieds war zu beklagen, und nach einer Weile setzten wir uns auf die Bank im Garten mit Blick auf den kleinen Gartenzwerg und die blühende Wiese. Rechts auf dem Nachbarsgrundstück arbeitete ein fleißiger Mann, und links sah man, daß die Familie Manz sich einen Wohnwagen gegönnt hat.

Wir sprachen über die Stadtbibliothek in Hofgeismar, die derzeit renovierungsbedingt leider geschlossen ist. Die Edith als Ü-70erin befindet sich sehr auf dem reduzierenden Ast, und sagt bei fast allem „Ach Gott, das muß ich nicht haben!" Z.B. über neue Lektüre, und die Bücher im Schrank - die habe sie ja auch noch nicht alle gelesen.

Später warf ich in der Stube einen Blick auf die sehr überschaubare Anzahl an Büchern und frug mich, ob das überhaupt Bücher sind, die man liest, oder nicht doch eher Bücher, die man verschenkt, auf daß sie in den Bücherschrank gestellt würden?

Einen Deutschlandführer beispielsweise für jemanden, der gar nicht mehr reist?

Doch es seien auch Romane dabei, erfuhr ich. Romane von Marie-Louise Fischer z.B. – einer schicken älteren Dame, die einen Liebesroman nach dem anderen verfasste, und dabei steinreich geworden ist.

Wir setzten uns in die Sonne zurück, und sprachen über den hohen Verknitterungsgrad von Frau Wyssens Schwester Irene, die in jungen Jahren sehr versnobt gewesen, und nun im Alter ganz einsam sei. Dann streiften wir das Thema „Glück im Alter", für das die Edith – wahrscheinlich anders als das Beätchen – nichts als Unwirsche übrig hat.

Ich berichtete, daß die Ulla sehr sozial sei, und bei der Grabespflege auch schaut „was des anderen ist" (Philipper 4,2) ←sie wässert gedörrte Blumen auf fremden Gräbern, und die Edith kannte diesen wunderbaren, mehrfach interpretierbaren Bibelspruch noch gar nicht.

Grebenstein hat sich in zwei Parteien aufgesplittert: Rewegänger (kultürlicher Zweig) und Nettogänger (einfacher Zweig), und die Edith setzt auf Milchprodukte der Firma „gutes Land", die im „Netto" feilgeboten werden.

Sie schrieb mir einen kleinen Einkaufszettel, bettete 20€ in ein kleines Börsl, und erstmals kam Katjas schönes Geschenk zum Zuge: Eine geschmackvolle Einkaufstasche zum Zuschnüren.

Verschwörerisch hatte die Edith noch wissen wollen, ob ich etwas wisse? Ob der Janosch heirate? Ein liebes „ahnendes" Lächeln überzog das Äbtissinnengesicht. Der Schröder habe so etwas angedeutet! Hocherfreut habe sie ihn, dem sie mit einem Verlängerungskabel habe aushelfen dürfen, zum Schnuddeln in die Wohnung gebeten. Doch, wie es eben so Erwachsenenart ist, so sagte der Schröder: „Ein andermal gerne!"

Die Edith würde es ja begrüßen, wenn endlich mal eine gescheite Frau bei denen einzöge?

Dann geriet sie noch etwas in Glut, was in unserer Wohnung wohl saniert werden müsse?

Immer noch die alte Tapete von Fiedlers?

Daheim hatten sich drei Mails für mich angesammelt:

„Zur Zeit kein Bedarf!" schrieb Rainer Gaar, dem ich doch gestern noch ein Kompliment gemacht hatte, betont eilig, und wurmend verzwickte sich dieser demütigende Passus in mein Hirngewebe.

Rehlein hatte so nett ihre persönliche Oster-geschichte für die Verwandtschaft aufgeschrieben, und Ulla Tauche schrieb überraschend: „Du meldest Dich ja gar nicht! Ich dachte, wir würden gemeinsam frühstücken?"

Das fand ich so schön, auch wenn es fast ein wenig aufgebracht klang.

Doch zunächst hatte ich ausgelost, einen 2-Stunden-Sack mit Geübe für das Konzert bei Frau Weckwerth zu füllen. Ich stand am Fenster und übte die Mozart-Sonate in A-Dur.

Eine dicke Frau auf Würstlbeinen führte ihr Hündchen spazieren, und als sie sah, daß ich sie gesehen hab, nickte sie mir verlegen zu.

Im Netto arbeitete ich gewissenhaft Ediths Einkaufszettel ab.
Donnerwetter, ernährt sich die Edith preisbewußt! Ganze 49 Cent für etwas Gutes und Gesundes wie z.B. Graupen.
Die Schlange an der Kasse war allerdings lang und zäh, dieweil es die Philosophie von Netto derzeit vorsieht, unbedarfte, weibische Jünglinge einzustellen, die wohl kaum Schneid bei den Damen haben? Vielleicht ein paar Musterhäftlinge aus der Jugend-JVA?
Ein geistloser alter Gauch rief: „Die wollen nur Prämien. Haben drei Kassen und öffnen nur eine!"
Und schaute zu diesen befremdlichen Worten in humorfreiem Ernst beifallheischend in die Runde.

In den Nachrichten kam die Rede drauf, daß wir vor dem 3. Weltkrieg stünden, und das wo ich jetzt so viele Briefe in die Umlaufbahn geschickt habe. Die Welt steht vor dem Abgrund, und „ich will mit „Begeisterung" Kirchenmusik machen?" höhnten einige in mir über mich.
Ich tippte eine Mail an Karl-Heinz Waak in Peine, der mir so bekannt schien.
„Kann es sein, daß wir uns kennen?"

„*Ach komm!*" dachte der Geistliche in mir beim unwirschen Hinweglöschen. „*Das hat soooo´n Bart!*"

Samstag, 26. April

Zunächst sehr schön, doch dann wurde es rasch
grau, und ab Mittags regnete es zuweilen

Ein Tag, der an das gestrige Schönwetter anzuknöpfen versprach.

Zuerst joggte ich, und dachte nur noch so im Vorübergehen an die finanzielle Misere in der ich stecke, und an jenem Umrundungsbaum am Aussichtsplateau sah man zwischen dem knorzigen Geäst, wie die Sonne aufging. (Dottergleich).

Erst da dachte ich wieder an den dritten Weltkrieg, an dessen Abgrund wir „dank" Bärenfänger-Verschnitt Putin nun stehen. Ja, da hat man es sich im Leben bequem gemacht, und nun ist dies womöglich einer der letzten Sonnenaufgänge, die man noch genießen darf…

Auf der zweiten Runde dachte ich allerdings positiv. Noch immer mühte sich die Sonne ins Tagesgeschehen hinein, und so war der vorangegangene Anblick ja zumindest schon mal nicht der Letzte, und irgendwann ist es nun mal der Letzte!

Mir tut es nur fürs Pröppilein leid, und ich hab keine Ahnung, wie dieser dritte Weltkrieg wohl ausschauen soll?

Frühstück bei der Ulla:
Ich erzählte der Ulla von meinen Einkäufen bei Netto. Z.B. von der geheimnisvollen vertrockneten Nelke, die hinter dem Brötchentresen steht, und die mich immer so an die Sekretärin in Hichcocks „Frenzy" erinnert. Doch die Ulla schnitt ein befremdetes Gesicht zu meinen Ausführungen. Dann modulierten wir zu Klassentreffsgeschichten hin, da die Ulla z.Zt. ein Klassentreffen in Lingen organisiert.
Stolz zeigte sie mir eine Tabelle, die sie in ihrer Freizeit am Computer angefertigt hatte:
Vorher- und Nachherbilder der Klassenkameraden von denen zwölf bereits verstorben sind.
Die Lingener seien schwerfällig und torfig, entnahm ich ihren bruddelig klingenden Schilderungen.
Dann lenkten wir die Gespräche ins Schicksalsjahr 1995 zurück, und sprachen über das verglimmende Lebenslicht ihres lang verstorbenen Mannes Michael, der von Buz und Rehlein kurz vor seinem Exitus nochmals besucht worden ist.
Ich erzählte vom BTK-Killer und seiner guten Seite: z.B. seinem Engagement für die Kirche, und die Ulla schaute mich dazu wie hypnotisiert und hinzu sehr interessiert an.

245

In ihrer Nachbarschaft wurde auch einmal einge-
brochen, und die Ulla glaubt kaum, daß ihre
Hilferüfe im Ernstfall gehört würden.

Beim Hinsetzen schmerzten Ullas Sitzhöcker.

„Mal was neues!" stöhnte sie.

Die Musik aus dem Radio gefiel:

Allerdings gäbe es da auch sehr häufig Wieder-
holungen, und die Ulla neigt ein bißchen dazu, echte
Wunder, über die man eigentlich froh und dankbar
sein sollte, einfach niederzubruddeln, indem sie nur
das Dumme daran sieht:

Hatte ihr der Mathias ihren Computer nicht so
schön flott gemacht? Doch die Ulla fuchst´s, daß
man nicht mehr mit einem Klick aufs Fazebook
gelangt.

Bald darauf verabschiedete ich mich.

Daheim kam nur eine Absage von Christian Scheel
aus Nienburg, die mich sehr wurmte, auch wenn´s
nur ein Vordruck war, der womöglich automatisch
erfolgte, indem ich einfach „Damen & Herren"
genannt wurde. Schülerhaft unbeholfen hatte
Christian Scheel, oder auch seine Muttter oder
Sekretärin(?) einen staksigen kleinen Text zusam-
mengestrickt, der eigentlich einen finalen Stempel
unter die Bekanntschaft setzen sollte, ohne ihr
überhaupt eine Chance auf Erblühung eingeräumt zu
haben.

Dem Sinne nach: „Vielen Dank für Ihr Angebot, das jedoch nicht in unser Konzept passt..."

Ich ließ Herrn Scheel bei youtube auforgeln, und fand's nicht schlecht.

Nun überlegte ich, was man diesem seltsamen Manne schreibe könne? So etwas dürfe man sich eigentlich nicht bieten lassen. Will er mir auch noch sagen, daß ich häßlich bin?

Wie in einer schleudernden Waschmaschine arbeitete es in meinem Kopf.

Ming in mir kam zu Wort, und dies, wo ich im Geiste doch bereits herumgerechnet hatte, daß es bei mir und Ming von den 16 ererbten elterlichen Genen nur drei Übereinstimmungen gibt. Eine von Rehlein, und zwei von Buz.

Das Schleuderprogramm in meinem Gehirn hielt mich von meinem Arbeitspfade ab, und wirkte als Bremse. Statt vorwärts zu blicken und stetigen Ganges auf einen grünen Zweig zuzulaufen, begoogelte ich nun die Kirchenkonzerte von Nienburg, und schrieb Herrn Scheel im Geiste, daß ich am 3.5. zu seinem Konzert komme. Ich könnte aber auch so tun, als schriebe mein eigener Vater: "...und höre mir den Spaß mal an." *Doch grad wie von Wilhelm Busch gezeichnet, versucht sich der Asperger Kranke dieser Begegnung zu entwinden.*

Dem Beätchen schrieb ich von Hartmuts Treppensturz, und mitten in die Schilderung hinein, ließ ich das Beätchen selber zu Wort kommen: „Oh

Schätzchen, das interessiert mich üüüberhaupt nicht!" steht da jetzt einfach. Etwas, das sich aber auch dem Beätchen selber schreiben ließe, denn wen interessierts, ob bei denen irgendwelche Norweger zu Gast sind?

„Mehr Details bitte!" könnte man aber auch schreiben, denn die Funken des Interesses lauern ja wohl im Detailgestrüpp?

Dadurch, daß ich manche meiner Mails sehr persönlich einwürzte, glaubte und hoffte ich, etwas Aura zu tanken.

Frau Heidi Ilgenfritz aus Bayern beispielsweise schrieb ich, daß ich mich heimlich schon gefragt habe, in welchem Bezug sie wohl zu dem geheimnisvollen Herrn auf ihrer E-Mail-Adresse stünde? Haushälterin, Mutter, Ehfrau? Nein! Jetzt habe ich mich schlau gemacht, schrieb ich wenig später schelmisch dazu. ← Sätze, die man einer Sekretärin so wohl kaum schreiben würde, und tatsächlich handelte es sich a) um seine sehr viel jüngere Ehefrau und b) um eine Hackbrettspielerin, die so bedeutsam scheint, daß sie sogar bei Wikipedia verzeichnet ist.

Mittags hatte sich der Himmel einfach überzogen, als ich um drei Uhr herum zu einer Einkaufssafari bei Netto aufbrach.

Der Schröder im Blaumann arbeitete auf seiner Terrasse.

„War mein Gruß im Vorübergehen grad nicht gar zu unverbindlich ausgefallen?" (Ein scheues Brummen) frug ich mich klamm. Und so intensivierte ich den Gruß nach dem Abbiegen durch die Hecke hindurch, um ihn noch ein bißchen besser anzubringen.

Schon sprudelte es aus dem Vereinsamten heraus.

„Das ist ne gute Arbeit!" sagte er jovial, und ich glaubte ihm sogar kurz, so wie der Ramon ja auch mal kurz geglaubt hatte, die größte Stärke von Justus Frantz sei das Dirigieren, („Ach ja, natürlich!") bevor jener pralle gebräunte georgische Bratschist, der dies zuvor gesagt hatte, eine verhohnepipelnde Parodie darauf gemacht hat.

Doch auch Schröders Worte waren bloß ironisch gemeint. „Muß ich ja machen! Sonst schimpft meine Mutter. Die schaut mir ja von OBEN zu!" ließ er wissen.

Vor seinem Hause saß der Pfarrer Klein und trug so appetitliche frischgekaufte Sandaletten wie ein 2-jähriges Kleinkind, das liebevollst gewartet wird. Ich erntete ein herzliches Lächeln, und lief rasch weiter.

Im Netto war ich total begeistert. Ich streckte erstmal die Fühler aus, um zu überreißen, was es wohl so gibt, und dann tätigte ich erstmal einen kleinen Voreinkauf, dem ich nach einem kurzen Picknick auf meiner Stammbank vor der Schule einen Haupteinkauf für das Wochenende folgen lassen wollte.

Wäre es nicht netter gewesen, dem Schröder beim Unkrautzupfen behilflich gewesen zu sein? Gar nicht erst fragen, sondern einfach loshelfen wie es Hessenart ist? („Lassense mal – das mach doch ich!" und sich ohne Federlesen in die Arbeit krümmen?)

Angesichts dessen, daß der dritte Weltkrieg bevorsteht, waren die Schlagzeilen in der Zeitung vergleichsweise harmlos: Heintje trennt sich nach 33 Ehejahren von seiner Doris (51).

Als es auf dem Nettovorplatz plötzlich zu duschen begann, flüchtete ich mich in den Netto-Bäckereitrakt. Diesmal arbeitete eine andere Dame da, die ich sehr sympathisch fand, so daß ich mich schon fast befreundet wähnte.

„Setz ich mich hin und werde nass!" rief ich lose über meinen Picknicksansatz aus, nachdem ich mir einen Becher Kaffee geordert hatte, und kannte mich selber kaum in diesem schwungvollen Redefluß.

Die lose stimmende Aura der hessischen Landbevölkerung ersetzt mir direkt den Psychiaterbesuch.

Schließlich tätigte ich einen Großeinkauf, und an der Kassenspitze, wo am Morgen noch eine pfiffige junge Frau gesessen war, hatte man jetzt einen grenzdebilen Jüngling hingesetzt.

Schwer beladen mit zwei prallen Einkaufstaschen mühte ich mich über die Treppen zum Burgberg nach Hause.

Oben am Stiegenende begrüßte ich den Dr. Luthard, und an uns als Begrüßungsgespann lief eine osteuropäische Helferin mit einem Rollstuhl vorbei, in welchem eine zusammengesunkene Figur wie auf dem Krähenberg hineingearbeitet war.

„Sind Sie die Frau Menzel?"

„Jaa!"

„Dann kennen Sie doch gewiss meinen Vater, den Wolfram?!"

„Jaa!"

Das „Ja" klang eigentlich sehr frisch, wie von einem fröhlichen jungen Vogel gekrächzt, doch darüber hinaus ließ sich eigentlich nicht mehr viel mit der Schlagbefallenen anfangen, und wenn man ehrlich ist, dann muß man ja zugeben, daß dieser Gedankenaustausch leider ein bißchen mager war.

Am Abend setzte ich endlich einen Plan in die Tat um: Den Petaluma-Report einem Schleudergang zu unterwerfen und zu einem Roman umzuformen. Fünf Schleudergänge nahm ich mir vor.

Die Arbeit versetzte mich direkt in einen Rausch, und die Zeit schritt dazu äußerst zügig voran.

Ich gelobte Rehlein, ihr in den kommenden Tagen je um 20 Uhr eine Seite zu zuschicken – zur erbarmungslosen Durchsicht.

Zu später Stund kam dann eine kurze, aber begeisterte Resonanz vom süßesten Rehlein. Man habe mehrfach fröhlich aufgelacht, und sei sehr überrascht.

Sonntag, 27. April

Trübe und verhangen

Heute fand der 105. Hochzeitstag von Opas Eltern statt, außerdem das Klassentreffen in Kassel, und und und…und ich schlief einfach länger, bloß weil heut Sonntag ist, um mich sodann behäbig vom Bett in den Tag hineinzuwälzen. Es herrschte trübes Nieselwetter, wenn auch ein vorübergehender Tropfstillstand mich zu einem Brötchenkauf bewegte.

Auf diesem Gang sollte ich einen kleinen Regenwurm kennenlernen. Zusammengerollt auf einer der 48 Stiegen, die vielleicht allesamt „ein Lied in ihrer eigenen Sprache" sind, wenn man dem Hit von Mathias Tauche Glauben schenken darf.

Auf der BILD-Titelseite sah man einen grinsenden Sowjetschergen vom Putin mit seiner Waffe.

„Man steht am Vorabend des dritten Weltkrieges!" dachte ich gleichmütig beim Heimgang und gönnte

mir angesichts dessen auch noch ein Kirsch-
kaugummi vom Automaten.

Einer der beiden Morgenmails kam von der Ulla.
Die Ulla hatte meine Links mit den unglaublichen
Strafprozess-Dokus angeklickt, und konnte es kaum
fassen, auf was für einen Schatz an düsterer
Unterhaltung sie da gestoßen war: Tausende von
erschütternden Fällen, und plötzlich kann man sich
vom Computer gar nicht mehr hinweglösen.
Den Link hatte ich der Ulla aus jenem Grunde
geschickt, weil ihr Fernseher kaputt gegangen war,
doch der altgewordene Televisor hat dann nach
einem kräftigen Schlag auf den Kopf ja doch wieder
funktioniert. (Grad wie ein Mensch im Altersheim:
Er scheint verstorben, man darf mit dem Beweinen
anheben, dann haut ihm jemand unreflektiert auf den
Kopf, und dann geht´s grad weiter!)

Meine neue Beschäftigung, den Roman Seite für
Seite einem fünffachen Schleudergang zu unterzie-
hen, in dessen Folge nicht *ein* Buchstabe auf seinem
Platze stehen bleibt, hält mich so ziemlich im Griff,
und dennoch zögerte ich den Beginn von Seite 2
ungebührlich lange hinaus – eine Anfangsscheu auch
vor Freudigem!
Da rief mich der süßeste Schatz Ming an.
Leider ist Ming krank.

In Neuharlingersiel habe man sich mit Heiner, Antje und den beiden Buben getroffen.

Eigentlich hatte der Heiner den Osterurlaub für sich und seine neue Freundin Anke, eine liebe, fleißige Frau, gebucht, doch die Anke beendete das Bratkartoffelverhältnis, und so sei der Heiner eben kurzerhand mit seiner Mutter gereist.

Die Buben sind zwei Lulatsche mit großen Füßen geworden – aber ganz brav.

„Die Mendelsonate!" sagte Ming aus Versehen, und während er es noch sagte, schaute ich auf die trübgenieselte Straße drauf und überlegte, wie die E-Mail Adressen der großen Komponisten wohl ausgesehen haben könnten, wenn dies damals schon erfunden gewesen wäre? Moz@web.de

„Früher stand ich noch im Banne von Herrn Bloser!" psychologisierte ich mit großem Schwung auf den maladen Ming ein. Es habe mir so imponiert, daß Herr Bloser über jeden Ton einen eigenhirnig ersonnenen Fingersatz zu schreiben pflegte. Doch dann sei ich von der Bloser-Schiene auch wieder abgekommen, so wie die hübsche Nicole vermutlich von der Prof.-Kebap-Schiene?

In 3sat lief eine Literatur-Diskussion.

Elke Heidenreich hatte ich zunächst gar nicht erkannt, doch einmal schrie sie fast schrill auf.

„Doch!!!" schrie sie spitz und zankeslüstern um sich gleich wieder zu mäßigen, und es ging über den

Philosophen „Heidegger", über den ja auch Buz unlängst die Hände über dem Kopf zusammengeschlagen hat.

Man habe zwei Möglichkeiten, erklärte Elke H.: Entweder man folgt ihm in seinen Keller und verirrt sich dort in einem Spiegellabyrinth, oder man sagt von Vornherein: „Damit will ich nichts zu tun haben!" „Und ich tendiere zu letzterem!" sagte sie ganz schnell, um die Worte noch in ihrer Gänze und hinzu wie in einem Guss ins allgemeine Rumgegacker hineinzupressen.

Ein alter Schmeckefuchs – nein, Schmeckefuchs kann man in diesem Falle wirklich nicht mehr sagen, da er dafür viel zu grämlich schien – erinnerte mich an den Reich-Ranitzki. Er sprach über Platon, und lies seine Bildung sprechen.

Dann arbeitete ich an meinem Roman und schaffte es bis auf Seite 4. Dort verlor ich mich in einer Geschichte über die Musikhochschule in Jakarta, und schilderte, wie der Rudi dort hinreiste, und die Cellisten allesamt einfach fantastisch waren. Doch Rudis Bild verwässerte in dieser Erzählung bis zur Unkenntlichkeit, indem eine Art Wiener Klamauk aus dem Gewässer erstand, so daß ich alles wieder hinweglöschte.

Besuch bei der Edith.
Heute hat die Edith drei Stunden lang die Heiligsprechung von Johannes Paul II angeschaut.

Auch der Benedict habe teilgenommen, sei aber alt und gebrechlich gewesen, und dieser Pomp!

Diese sinnlose Heiligsprechung habe den Franziskus ganz verdrossen gestimmt. Heimlich machte er hinter seinem Rücken ein Zeichen, das bewirken sollte, daß die Heiligsprechung ungültig ist. D.h. man hängt sich ein Bildnis des vermeintlich Heiligen in die Küche, und wenn man später nachschaut, so hängt´s schief! Dann hängt man es wieder grad, und später hängt´s schon wieder schief – und so weiter.

„Da hätte man doch lieber Dich heilig sprechen sollen!" sagte ich, und sah diese Zeremonie bildlich vor mir.

Als die Strumpfabpellerin kam, griff ich mir die drei Kalender, die Schwager Gottfried so liebevoll zum Gedenken an seine verstorbenen Frau Christa zusammengebastelt hat, und als die Edith wiederkehrte, versenkten wir uns gemeinsam in Christas gottgefälliges und fröhliches Leben in Immenhausen, das so jäh mit ihrem Tode nach schwerer Krankheit endete.

Die Christa schneiderte mit großer Begeisterung:

So auch die Hochzeitskleider für ihre Kinder Matthias und Antonia.

„Wenn ich mir das alles durchlese, so wäre es eigentlich besser gewesen, *sie* wäre heiliggesprochen worden!" sagte ich.

Montag, 28. April

Düster und trübe

Beim Joggen dachte ich mir eine Mordgeschichte aus.

Mord an einer Dame, begangen von ihrem eigenen Sohn, der sie einfach nicht mehr ertragen konnte: Den ganzen Tag ihr Gegacker, ihr Geschnatter und die ganzen Izzeleien – paniert mit einer Unlogik, die ihresgleichen sucht, und einem die eigenen Gedanken derart verdreht, das man zuweilen vom Gefühl besengt wird, keine Luft mehr zu bekommen.

Na, ahnt man, wer für diese Geschichte als Vorbild herhielt?

Daheim beseitigte ich zwei Scheißhäufen auf meinem Mailspieß und fühlte mich bei der Karriereaufschäumungsarbeit so merkwürdig mutlos und direkt ein wenig verdrossen.

Ein paar wenige Mails hängen noch – gedörrten Tomaten gleich – am Beantwortungsspieß, aber man ist gar nicht mehr motiviert. „…würde mit Begeisterung", tippte ich zwar, doch dies an Kirchenpersonal gerichtet von dem mir lediglich mondkalbsartiges Unverständnis entgegenschlug.

Im Bad stellte ich mir vor, wie ich in Zukunft auf Absagen etwas brüsk reagiere.

„Wichser!" schreibe ich Herrn Scheel aus Nienburg zurück, und der alternden Pfarrerin aus Hameln schreibe ich: „Jodelschnepfe!"

Plötzlich zettele ich auf Mingesart lauter briefliche Zwisteleien an die immer schlimmer werden. Ein neues Hobby, das man zunächst an den Verwandten ausprobieren könnte.

„Daß Du es in Opas fast dreijähriger Witwernschaft nicht *einmal* geschafft hast, den alten Mann zu besuchen, und die arme Eri wenigstens ein bißele zu entlasten…?" würde eine böse Frau wie das Uschilein an meiner Statt der Tante Bea brieflich blöd kommen. Blöd und wahr in einem!

Nachdem ich fleißig geübt hatte, lief ich in die Stadt hinab, und telefonierte währenddessen mit dem süßesten Ming.

Unter den morschen Baum bei Luthardts hatte man eine neue Bank hingestellt.

Unser Kranker war bereits wieder unterwegs.

Ming verteilte fleißig Sommertraktätchen. Eine zermürbende und langweilige Arbeit, und wir haben bereits für 48 000 Euro Karten verkauft.

Am 6.6. findet der Prozess in Oldenburg statt.

Doch am liebsten spricht Papa Pinguin Ming über das Pröppilein:

Als Ming krank war, durfte er das Pröppilein weder beschmusen noch anfassen. Da war das kleine Pröppilein ganz irritiert und schaute von der Ferne traurig auf Ming drauf. Ming sagte ihr, daß er sie liebe, und am nächsten Tag war das süße Pröppilein so brav wie man es bis dato noch gar nicht gekannt hatte.

An der Netto-Theke stand heut die vertrocknete Nelke (die Sekretärin aus Hichcocks „Frenzy"), die nicht ganz so nett ist wie die andere Bedienerin, heut aber sehr gut gestimmt war, so daß auch sie als Aura-Anzapfstelle taugsam schien.
Wieder hatte ich mich so hingesetzt, daß ich über den Rand des Schandblatts hinweg auf den grauen Nettovorplatz schauen konnte, so, als warte ich auf jemanden. Und genau das gleiche Hobby pflegte der böse Mann aus Wichita doch auch! Er setzte sich irgendwo hin, trank Kaffee, las die Zeitung, und schielte darüber hinweg auf den Vorplatz, wo es ein Kommen und Gehen gab. Er wartete darauf, jemanden zu erspähen, der sein Interesse weckte.
Hinter mir saß ein Schmeckefuchs, der auch nur wegen der Thekendame gekommen war, weil er sich in sie verliebt hat, und an ihrer Aura naschen wollte. Hi und da sagte er ihr etwas auf hessisch – z.B. daß er daheim ja bloß so rumhängen würde, und jetzt hänge er eben hier herum.

Abends ärgerte ich mich über eine Stubenfliege, auch wenn die nur ganz leis am Läptoprahmen herumturnte.

Dann loste ich aus: „1" = 45 Minuten Haushalt, die es in einen Tüchtigkeitssack, den ich hernach froh in die Ecke stellen wollte, hineinzuschaufeln galt. Doch leider hatte ich gar kein rechtes Konzept!

Da lobt man doch die tatkräftigen Frauen wie die verstorbene Christa Neubauer, in deren Kopf sich ein glasklarer sauberer Plan zu bilden pflegte, während ich kopflos, mal hier, mal da, auf Dalton-Syndroms*-Ebene die Arbeit ansetze, und mich auch gleich so über den Staubsauger aufregte, als sei er ein bockiges Kind, das man am liebsten beuteln und zusammenwatschen würde.

*Beständig wird der „Dalton-Benagte" vom Pfade seiner Tätigkeiten hinabgepustet, da sich vor jede Teiltätigkeit zwei neue schieben…

Dienstag, 29. April

Morgens Nebel.
Dann wurde es etwas freundlicher,
behielt jedoch die Neigung zum Graumelieren bei

Am Morgen wurde ich aus einem fesselnden Traum gerupft, der mit *einem* Knall verpufft war. Und so ist´s womöglich mit dem Lebensende, dachte ich, als ich wie allmorgendlich, den Hausschlüssel hinter das Autorad klemmte.

Puff! Aus!

Und dann ist es wieder so wie im Januar 1962, als es mich noch gar nicht gab, da ich ja erst im Februar darauf in Uromis Zimmer gezeugt wurde.

Wieder drängten sich mir absurde Wahnideen in den Kopf, und bewehrten mich beim Joggen: Ich hätte den Schlüssel auf meine unkonzentrierte Art nicht an *meinem*, sondern an Janoschs prötzlichem Bischofs-Auto versteckt, das *vor* dem meinigen an die Hecke geschmiegt war.

Zunächst war ich davon ausgegangen, mich nach der Leibesertüchtigung eine Weile lang ins Bett zu legen, um die wohlige Schlafenssüße, die mir nicht so ganz aus dem Gebein gewichen war, noch etwas auszukosten.

Doch stattdessen übte ich die Grieg-Sonate Nummero der, und dazu dachte ich über die Faulen über mir nach. *Die Lisa scheint mir ein ganz faules junges Ding zu sein, das den Janosch nur deswegen heiraten will, weil er ein so protziges Auto fährt, und daß das Geld hierfür aus einem Banküberfall stammte, scheint in diesem Zusammenhang nicht weiter zu genieren.*

Einmal schrieb das süßeste Rehlein:

Die chinesischen Texte, die Buzens Schüler auf Facebook eingestellt haben, hätten sie so neugierig gestimmt, daß sie sich gefühlt habe wie einst der

„curious George"*, und sich die Texte somit von einem Programm namens „bing" übersetzen ließ.

*Ein kleiner Affe, in einer amerikanischen Kinderbuchserie, die ich als Kind verschlungen habe.

„Ein dummes Zeug!" schlug Rehlein brieflich die Hände über dem Kopf zusammen.

Lauter religiöse Eiferer.

Kassel:

Ich parkte auf dem Mombach-Platz und bewegte mich zunächst strammen Haxerls zur Postbank hin, doch auf den letzten Metern wurde ich ziemlich nervös, auch wenn ich ein eher gutes Gefühl hatte. Ich wollte die Erleichterung spüren, daß jetzt zumindest etwas zwischen 800 und 900€ Haben zu bejubeln wäre, doch dann traf mich fast der Schlag: mein bröckelndes Vermögen war auf 129€ zusammengeschnurrt. Ich war verzweifelt, doch das einzige, was meinen Kampfgeist noch ein bißchen wachhielt, war die Hoffnung, daß die 600€ von Herrn Pape noch ausstehen.

Ich rief Herrn Pape an, und Herr Pape meinte, er habe Frau de Riese damit beauftragt, und würde heut abend mal nachfragen. Mit diesem Halbwissen bewegte ich mich nun durch den Rest des Tages, denn es *könnte* ja heißen, daß *Frau de Riese jetzt sagt, sie habe es mir gegeben! Oder aber sie sagt verständnislos: „Wieso?? Ich habe es der „Ostfriesischen Landschaft" überwiesen, mit der Bitte, es Frau König auszuhändigen!" Da*

sie auf Erwachsenenart a) überhaupt nicht hingehört, und b)
alles wieder vergessen hat, was ich erzählt habe?

Mittwoch, 30. April

Zwischen sonnig warm – jäh herbeiziehenden
feuchten Wolken, und grimmig feuchter Bewölkung,
durchsetzt mit blauen Oasen

Meine Gesundheit war sehr abgegriffen.
Die Finanzsorgen marterten mich, so daß ich am
liebsten vom Schlafe, und noch lieber aber vom
Tode aus diesem Leben hinweggerollt worden wäre.
Einmal stak ich in einem mehr als verdrießlichen
Traumgebilde:
Ich befand mich in einem engen Flur und durch eine
ungeschickte Bewegung schrammte ich meine Violine gegen die
Wand. Mit einem „plopp" riss der Saitenhalter, und das
ganze Saitengewand der Violine schnellte hinweg, und mir
blieb nurmehr der Anblick auf einen gänzlich entblößten
Violinkorpus.
„Das gibt's doch nicht!" dachte ich verzweifelt. Da wartet
man im Rahmen seiner Finanzprobleme auf „den Ausgleich",
und wird vom Pech verfolgt!
Der ganze weitere Lebensweg, der mir so schwammig
vorschwebte, war mit einem Schlage gestrichen, und nun

263

mußten neue Wege ersonnen werden, und man erinnert sich,
daß an der Brötchentheke bei Netto jemand gesucht wird...

Na, kaum zu glauben, daß das ja wirklich nur ein
Traum war, doch die Fröhe darüber wurde von der
Unfröhe über meinen Gesundheitszustand erstickt.
Ich lag nur da.

Wässriger Schnupfen, Halsschmerzen und Kopfschmerzen plagten mich. Jetzt hätte man ein
mitfühlendes Wort und eine helfende, mütterliche
Hand gebraucht.

„Ich bin´s so leid, jahraus jahrein jeden Tag die
Kontaktlinsen aufzustülpen!" dachte ich mürrisch
wie der Herwig, und nach einem Lebensfrohsinns-
seminar hätte man doch wohl eher gedacht: „Ein
Wunder, daß kluge Menschen so etwas entwickelt
haben, so daß den Sehbehinderten ein fast normales
Leben geschenkt wird!"

Da wendete ich meine mürrischen Gedanken wieder
um, und dachte dies auch.

Ich telefonierte mit dem Onkel Hambum, und der
Onkel riet zu einem „Aspirin-Komplex". Ich solle
gleich in die Apotheke aufbrechen.

Doch ich fühlte mich so schlapp, und die Apotheke
schien mir so weit entfernt, als müsse man sich
aufraffen, um nach Buffalo zu reisen.

Ein Brummer hatte sich in mein Zimmer verirrt, und
brummte laut. Wie paralysiert hoffte ich, er möge
mal den Ausgang finden.

Auf meinem Dichtstammplatz auf dem Rewe-Hügel hatte sich ein Penner zu einem Bierpicknick niedergelassen, und beim genauen Hinsehen bemerkte ich, daß es jener schwatzhaft veranlagte war, den ich gestern in der Netto-Schleuse kennengelernt hab, doch auch wenn er sehr nett ist, versuchte ich, die Begegnung zu umschiffen.

Haha, denkt da der Kenner, glaubt die wohl tatsächlich, dieser schwatzhafte Herr, der alle Leute mit seinen Reden anbaggert, hätte sie sich gemerkt, wo sie doch für sein Auge ausschauen dürfte wie alle hessischen Jungseniorinnen?

Ich kaufte mir ein paar Deo-Sohlen für meine Schuhe. „Gefahr erkannt – Gefahr gebannt!" dachte ich später vor der Netto-Pforte in der Sonne, als ich sie mir in die Schuhe schmiegte um den weiteren Lebensweg gepufferter und auch wohlduftender abzuschreiten. Und mit diesen befriedigenden Gedanken im Kopf lief ich direkt auf Herrn Rose mit seiner Kuchenfrisur zu.

Herr Rose begann gleich aus seinem Leben zu erzählen, und erzählte beispielsweise, wie jemandem seine eine Goldbergvariation so gut gefallen habe, daß er sich große Mühe gab, diese Variation auch irgendwie zusammenzufingern.

Seine kleine Enkelin Martha-Florentine habe neulich in Bad Arolsen Violine gespielt, und jetzt käme sie in die Schule. Aber ihre Mutti Doro glaubt, sie bringt die Kleine zwar noch *in* die Schule, aber nicht mehr *aus* der Schule, was wohl zu bedeuten hat, daß die

Lebenserwartung für das gesundheitlich mit den vergilbten Fingern einer bösen Hexe unschön angepackte Kind eher gering ist?

Bald reisen die Roses nach Bad Reichenhall, aber Herrn Roses Gesundheit sei leider „so „abgefuckt", wie ein moderner Mensch wohl sagen würde", sagte er für einen Herrn über 80 etwas befremdlich. Er erlitt eine Wundrose, und einmal habe man für eine Reise von 37 km 4 Stunden gebraucht wegen dem „stop & go"! ←drückte er sich erneut international aus.

Es war warm und frühlingshaft geworden.

„Rüüdiger!" hörte man einen Vogel ganz deutlich rufen, und dies hätte ich so gerne dem süßen Ming erzählt.

Ich versuchte Ming anzurufen, doch da sah ich Herrn Rose erneut, bloß daß er, wie auf einer Zeichnung von Wilhelm Busch, einfach abbog.

An der Kirche rief ich Rehlein an, doch dummerweise ging grad ein Presslufthammer los, und die einzig verbliebene Telefonzelle lässt sich nicht mehr schließen, so daß man keine kleinen Geheimnisse mehr erzählen kann.

Irgendwie erwarte ich immer Schlimmes: z.B., jetzt, als erstmal niemand abhob. Dann aber hob der süße Buz ab, und war sehr vergnügt, und auch Rehlein ginge es gut, so Buz.

Buz riet mir, mein Händi immer anzulassen. Es sei ganz billig, beschwor er es auf Buzesart mit schönen Worten herbei.

Es dürstete ihn, über seinen Katechismus zu sprechen, und tatsächlich rief der vergnügte Buz auch bald wieder an. Mit ihm am Ohr lief ich bis zur Hedemühle, um frischen Honig zu kaufen, und dann gelobte Buz am Abend wieder anzurufen. Die Stimme vom Hartmut habe er ja auch schon ewig nicht mehr vernommen! besann sich Buz plötzlich auf seinen kleinen Bruder, und nahm sich vor, ihn heute abend auch noch anzurufen.

Mit mir betraten zwei uralte Schmeckefüchse und ein süßes Hündchen namens „Heinrich" die Hedemühle.

Mittags saß ich in einer orthopädisch wenig günstigen Form auf dem Sofa und versenkte mich in den fesselnden Roman „Kaltblütig" von Truman Capote, der sehr gelobt wird.

Ich erfuhr, daß die Mutter der vierköpfigen Familie, die im Laufe des Buches einem Mord zum Opfer fallen sollte, wunderlich gewesen sei: Lebensunfähig, depressiv, schüchtern und scheu, doch nach einem Besuch bei einem Spezialisten in Wichita gab's Grund zur Freude: Die Ursache läge im Rücken!

Ich aber fühlte mich jetzt so matt.

Jegliche Entfernung, sei's in die Küche oder ins Bad, schien mir so unüberwindlich weit. Meine Augen fielen zu, und schließlich lag ich schlummernd da. Mein Herz bumperte laut, und ich wünschte mir so sehr zu sterben.

„Sie haben Post!" sagte meine AOL-Dame. Ein Brief Rehleins, wie sich später herausstellte, und ich erfuhr, daß unser geliebter Papa, der am Telefon noch so fröhlich war, sich beim Mittagessen so böse verkirnt habe, daß er beinahe gestorben wäre!

„Jetzt aber erlebt er doch noch seinen 76. Geburtstag", schrieb Rehlein froh und dankbar, und der Brief, der so lieb angefangen hatte, endete mit dem Wunsch, daß ich hoffentlich nicht einsam und wunderlich werde?

Na, wenn ich das nicht schon bin.

Ich raffte mich wieder etwas zusammen, um im Rewe etwas Aura zusammen zu schnorren.

Wie das Beätchen wohl izzeln würde, wenn sie wüsste, daß ich 1,70€ für einen faden Kaffee ausgebe?

Leider kann sich das Beätchen überhaupt nicht in andere hineinversetzen, und lässt nur die Rothfußsche Logik in sich zu Worte kommen.

Ob ihr vielleicht mal die Idee gekommen ist, jemand könne seine einzige Befriedigung aus dem Tässchen Kaffee in seinem Lieblingscafé ziehen, ganz einfach, weil ihm daheim die Decke auf den Kopf fällt?

Im Rewe:

Man las, wie einer 88-jährigen Dame beim Auto-fahren ein Malheur passierte: Sie verwechselte das Gaspedal mit der Bremse, schrammte an eine Hauswand, und beim erschrockenen Rückwärts-fahren passierte dann auch noch etwas, da sie vor Schreck vergessen hatte in den Rückspiegel zu schauen.

Krankenhaus! Schrieb die Bild-Zeitung auf alberne Weise triumphierend, so wie sie die Artikel zuweilen mit einem „Anzeige!" oder „Führerscheinentzug!" abzukadenzieren pflegt, und es klingt so, als wolle man fröhlich ausrufen: „Ätsch Bätsch!"

In der „Schmeckefuchsstraße" telefonierte ich mit Ming. Die habe ich so genannt, weil dort ständig irgendwelche Schmeckefüchse herumpromenieren. Ein tönender Krankenwagen raste vorbei.

„Irgendein älterer Herr scheint einen Herzinfarkt erlitten zu haben!" erzählte ich Ming, doch Ming mußte sich sehr um das Pröppilein kümmern, das Unfug betrieb.

„Nein, das ist gefährlich, Schatz! Nicht zerkratzen! Na-hain!" ← Letzteres in leisem Crescendo.

Besonders folgsam scheint es leider nicht zu sein.

„Sie hat einen starken Willen!" dozierte Ming, „den hatte ich auch, und den darf man nicht brechen!"

Ich besuchte die Edith, und dachte schon, sie öffne mir mit entblöstem Oberkörper, doch in Wirklich-keit stak sie in einer fleischfarbenen Bluse, und fühlte sich z.Zt. nicht so ganz.

„Das sind wahrscheinlich die Vorboten der Schwei-
negrippe!" mutmaßte ich lose.

Wir setzten uns in die Stube, und ich erzählte, wie
der Onkel Hambum bei seinem letzten Besuch leider
regentrübe gestimmt gewesen sei. Und doch bekäme
ich immer Entzugserscheinungen, wenn der Onkel
wieder wegreist.

Ich erfuhr, daß der kleine Wellensittich Frido richtig
bös sei. Er wird ein mürrischer alter Mann, faucht
herum, und droht die Edith in den Finger zu beißen.

Abends waren Onkel Hambum und Tante Christa
gekommen. Ich freute mich sehr auf das gemütliche
Miteinander, und in der Pfanne schmurgelte eine
schneckenförmige Bratwurst vor sich hin.

Am Vorabend zu seinem 76. Geburtstag rief der
süße Buz an, und plauderte endlich mal wieder
seinem kleinen Bruder. (Sehr warm.)

Personenverzeichnis:

Andi, Onkel mütterlicherseits in Blankenfelde *1949
Andrejtschischin, Herr. Mitarbeiter im Internet-Shop in Kassel
Anselm, Schwiegersohn von der Tante Irma in Kiel. *1964
Antje, meine Lieblingstante (Extante, angeheiratet) in Bonn *1939
Arthur, Stiefsohn von Tante Bea in Kalifornien. Geburtjahr unbekannt
Beate, Bea, oder Beätchen, Tante mütterlicherseits in Kalifornien *1943
Bernhard, Herr in Aurich. Geburtsjahr unbekannt.
Berner, Eike, Dichter in Ostfriesland (*1944)
Birgit, Omi. Mings Schwiemu in Aurich. (*1953)
Bloser, Herr. Mein Klavierlehrer in Trossingen *1947
Brigitte, früh verstorbene Tochter von Opas Schwester Lore (Eckdaten unbekannt)
Charles, Enkel von der Tante Bea. *2006
Christa, angeheiratete Tante. Frau vom Onkel Hartmut. *1946
Daaje, Mings Patentochter *1994
Dieudonné, Susanne. Sängerin in Ratzeburg *1961
Dirk & Lübbke, zwei Mitarbeiter in der „Ostfriesischen Landschaft"
Dölein, Onkel mütterlicherseits aus Florida. *1936
Eberhard, Onkel väterlicherseits (*1947)

Edith, die Dame im Haus gegenüber in Grebenstein. Redet wie Oma Ella, und hat den Charakter von Omi Mobbl, so daß ich die für mein Leben gerne besuche *1942

Erhard, Ehemann von meiner Freundin Maria *1962

Frank, ältester Sohn von Opas Bruder Otto und seiner Frau Irma. *1957

Gerhard, a) verstorbener Opa väterlicherseits (1905 – 1952). b) einziger Sohn vom Onkel Hartmut. *1978

Göhler, Gärtner in Ostfriesland *1939

Gretel, kultürliche Nachbarin in Aurich. *1938

Hans-Hermann, Apotheker und Freund des Hauses in Ostfriesland (*1947)

Hartmut, Onkel väterlicherseits *1945

Heike, Schwiegertochter von meiner Freundin Ulla (*1967)

Heiner, mein Vetter in Bonn (*1962) (Sohn von Tante Antje)

Hilke, Buzens Exe. *1964

Irma, Frau von Rehleins Lieblingsonkel Otto. (*1937)

Janosch, der junge Herr, der über mir wohnt. (*um 1990)

Jennylein, zweite Tochter von der Tante Bea (*1975)

Jesse, zweiter Mann von der Tante Bea (*1946)

Katja, Schwiegertochter von meiner Freundin Edith *1983

Kionczyk, Mutter von meiner Freundin Edith (1919 – 2006)

Kebap, Prof. Eigentlich heißt er ja anders, aber wir haben ihn so genannt. Exmann von unserer lieben Freundin, der hübschen Nicole. (*1953)

Keck, Pfarrer in Laudenbach (*1959)

Kempowski, Walter. Dichter aus Norddeutschland (1929 – 2007)

Klara, kleines Töchterlein von Julchens Freundin Tati (*2013)

Letizia, meine Kusine in Rom (*1965)

Linda, älteste Tochter von der Tante Bea (*1973)

Lisa, Freundin von meinem Obermieter Janosch (*1988)

Lore, Opas Schwester (1911-1998)

Luzilein, Enkelin von der Tante Irma in Kiel. *1999

Magdalena, Buzens Klavierbegleiterin (*1988)

Maria, meine Freundin in Aurich. *1964

Mathias, ältester Sohn von meiner Freundin Ulla (*1971)

Michaela, Freundin in Grebenstein (*1972)

Miette, Tochter von meiner Kusine Linda in Amerika (*2004)

Münch, Frau. Meine Sekretärin in Aurich. (*1943)

Nicole, alte Freundin und Studienkollegin. (*1971)

Nils, zweiter Sohn von meiner Freundin Ulla. (*1973)

Oetken, Frau. Nachbarin in Aurich. Uralt.

Oles, Frau. Wellnesärztin in Ostfriesland und ehem. Vorsitzende der „Freunde des Musikalischen Sommers e.V." (*um 1956)

Omar, Exmann von Buzens Exe „Hilke". Ein Herr aus dem Senegal (*1972)

Opa, Rehleins Vater. (1909 – 2002)

Opa Wolfgang, ein tüchtiger Schwabe über den zu sagen ist: „Niemals müßig Deine Hand", so daß ich ihn mir zum „Tüchtigkeitspatron" ernannt habe. (1927 – 2009)

Ramon, Cellist. (*1962)

Ric, Exmann von der Tante Bea (*1945)

Riese, Christa de. Pfarrerin in Oese. Geburtsjahr unbekannt

Rose, Herr. Ein Herr mit Kuchenfrisur, der das Stadtbild von Grebenstein prägt, indem man ihn beständig irgendwo aufblitzen sieht. (*1932)

Schröder, Herr. Einsamer Vermieter und Nachbar in Grebenstein (*1952)

Silvia, Tochter von der Tante Irma in Kiel. *1961

Suschen, (Susanne) meine Kusine, Tochter von Hartmut und Christa (*1983)

Tatjana, (Tati) eine junge Mutti, die dem Julchen als Freundin zugelaufen ist. Geburtsjahr unbekannt.

Thomas, Sohn von meiner Freundin Edith. (*1972)

Tone, Freund des Hauses in Ostfriesland. (*1962)

Ulla, liebe und wertvolle Freundin in Grebenstein. (*1947)

Uschilein, deren gibt es zwei. a) Exe vom Onkel Eberhard (*1946), und b) eine ähnlich unangenehme Frau wie das andere Uschilein auch, aus Coesfeld, die sich mal an unseren Papa ranpirschte. Geburtsjahr unbekannt.

Uta, Buzens große Schwester (1936 – 2013)

Ute M., Studienkollegin und Freundin *1962

Willi, Opa. Mings Schwiegervater in Aurich. (*1950)

Wyss, Eheleute in Grebenstein: Günther *1939 und Renate *1940

Yossi, Spezi Buzens. *1947

Und weiter geht´s im nächsten Band:

Erscheint am 22. November 2019

Besuch uns doch mal hier! ☺

http://www.franziska-koenig.de
http://www.erikoenig.de/
www.musikalischersommer.com

https://www.facebook.com/pg/Musika
lischerSommer/photos/?ref=page_inter nal

-